U0585031

作家文摘 **语之可** 第五辑（13-15）

顾　问（以姓氏笔画为序）

冯骥才　孙　郁　苏叔阳　张抗抗　张　炜

梁　衡　梁晓声　韩少功　熊召政

主　编　张亚丽　　　　　　**副主编**　唐　兰

编　辑　姬小琴　王素蓉　裴　岚　之　语

设　计　于文妍　之　可

语之可 15

Proper words

人间有味是清欢

作家出版社

目 录

在病中，鲁迅先生不看报，不看书，只是安静地躺着。但有一张小画是鲁迅先生放在床边上不断看着的。那张画，鲁迅先生未生病时，和许多画一道拿给大家看过的，小得和纸烟包里抽出来的那画片差不多。那上边画着一个穿大长裙子飞散着头发的女人在大风里边跑，在她旁边的地面上还有小小的红玫瑰花的花朵。

在第一届人代会开会时，总理在怀仁堂上通过走廊要到会议大厅去，因为旁边有很多代表，他经过我身边时，我不敢惊动他。我怕我多此一举，大家都蜂拥而上，就要花他很多时间了。当他闪过我身边时，我只轻声呼唤了一声，"阿哥!"他作出了一个极微小的反应，便顺利地通过了人群，进入了大厅。霎时，灯火通明。全场发出鼓掌之声。

我祖父母曾经是那样的郎才女貌,在他们登对的外表背面,是日益显露出来的性格差异:我爷爷刚毅,我奶奶柔弱;我爷爷坚定,我奶奶迷茫;我爷爷理性,我奶奶情绪……我爷爷把自己锻造成了一个革命者,我奶奶依然是一个普通人。然而,这之间所有的距离,没有改变他们的家庭轨迹,有一对双方珍爱的儿女,他们的爱情转化为了坚固的亲情。

爸爸常带我上街,爱逛古董铺、古董摊。掌柜的全认识他,笑脸相迎。他鉴赏多,买得少。我看出老板们不是巴结他腰包,而是尊重一个行家。他间或买些有裂纹的瓷器,因为贱,常像小孩一样,把这新玩意儿得意地向朋友显摆。我对这些没兴趣,但不放弃一同上街机会,跑遍了城南城北和几个小市,路上总有话说。

没有一个人不想爱与被爱，即使坚硬如李敖者也是一样，然而我们求爱的方式竟然是如此扭曲与荒唐，爱之中竟然掺杂了这么多的恐惧与自保。

回忆鲁迅先生

萧 红

在病中，鲁迅先生不看报，不看书，只是安静地躺着。但有一张小画是鲁迅先生放在床边上不断看着的。那张画，鲁迅先生未生病时，和许多画一道拿给大家看过的，小得和纸烟包里抽出来的那画片差不多。那上边画着一个穿大长裙子飞散着头发的女人在大风里边跑，在她旁边的地面上还有小小的红玫瑰花的花朵。

鲁迅先生的笑声是明朗的，是从心里的欢喜。若有人说了什么可笑的话，鲁迅先生笑得连烟卷都拿不住了，常常是笑得咳嗽起来。

鲁迅先生走路很轻捷，尤其使人记得清楚的，是他刚抓起帽子来往头上一扣，同时左腿就伸出去了，仿佛不顾一切地走去。

有一天下午鲁迅先生正在校对着瞿秋白的《海上述林》，我一走进卧室去，从那圆转椅上鲁迅先生转过来了，向着我，还微微站起了一点。

"好久不见，好久不见。"一边说着一边向我点头。

刚刚我不是来过了吗？怎么会好久不见？就是上午我来的那次周先生忘记了，可是我也每天来呀……怎么都忘记了吗？

周先生转身坐在躺椅上才自己笑起来，他是在开着玩笑。

青年人写信，写得太草率，鲁迅先生是深恶痛绝之的。

"字不一定要写得好，但必须得使人一看了就认识，青年人现在都太忙了……他自己赶快胡乱写完了事，别人看了三遍五遍看不明白，这费了多少工夫，他不管。反正这费的工夫不是他的。这存心是不太好的。"

但他还是展读着每封由不同角落里投来的青年的信，眼睛不济时，便戴起眼镜来看，常常看到夜里很深的时光。

鲁迅先生不游公园，住在上海十年，兆丰公园没有进过，虹口公园这么近也没有进过。春天一到了，我常告诉周先生，我说公园里的土松软了，公园里的风多么柔和，周先生答应选个晴好的天气，选个礼拜日，海婴休假日，好一道去，坐一乘小汽车一直开到兆丰公园，也算是短途旅行，但这只是想着而未有做到，并且把公园给下了定义，鲁迅先生说："公园的样子我知道的……一进门分做两条路，一条通左边，一条通右边，沿着路种着点柳树什么树的，树下摆着几张长椅子，再远一点有个水池子。"

我是去过兆丰公园，也去过虹口公园或是法国公园的，仿佛这个定义适用在任何国度的公园设计者。

鲁迅先生不戴手套，不围围巾，冬天穿着黑石蓝的棉布袍子，头上戴着灰色毡帽，脚穿黑帆布胶皮底鞋。

胶皮底鞋夏天特别热，冬天又凉又湿，鲁迅先生的身体不算好，大家都提议把这鞋子换掉。鲁迅先生不肯，他说胶皮底鞋子走路方便。

"周先生一天走多少路呢？也不就一转弯到××书店（即内山书店）走一趟吗？"

鲁迅先生笑而不答。

"周先生不是很好伤风吗？不围巾子，风一吹不就伤风了吗？"

鲁迅先生这些个都不习惯，他说：

"从小就没戴过手套围巾，戴不惯。"

鲁迅先生一推开门从家里出来时，两只手露在外边，很宽的袖口冲着风就向前走，腋下挟着个黑绸子印花的包袱，里边包着书或者是信，到老靶子路书店去了。

那包袱每天出去必带出去，回来必带回来，出去时带着回给青年们的信，回来又从书店带来新的信和青年请鲁迅先生看的稿子。

鲁迅先生抱着印花包袱从外边回来，还提着一把伞，一进门客厅里早坐着客人，把伞挂在衣架上就陪客人谈起话来。谈了很久了，伞上的水滴顺着伞杆在地板上已经聚了一堆水。

鲁迅先生上楼去拿香烟，抱着印花包袱，而那把伞也没有忘记，顺手也带到楼上去。

鲁迅先生的记忆力非常之强，他的东西从不随便散置在任何地方。

鲁迅先生的原稿，在拉都路一家炸油条的那里用着包油条，我得到了一张，是译《死魂灵》的原稿（应为《表》的译稿），写信告诉了鲁迅先生，鲁迅先生不以为稀奇。许先生倒很生气。

鲁迅先生出书的校样，都用来揩桌子，或做什么的。请客人在家里吃饭，吃到半道，鲁迅先生回身去拿来校样给大家分着，客人接到手里一看，这怎么可以？

鲁迅先生说：

"擦一擦，拿着鸡吃，手是腻的。"

到洗澡间去，那边也摆着校样纸。

鲁迅先生从下午两三点钟起就陪客人，陪到五点钟，陪到六点钟，客人若在家吃饭，吃过饭又必要在一起喝茶，或者刚刚喝完茶走了，或者还没走就又来了客人，于是又陪下去，陪到八点钟，十点钟，常常陪到十二点钟。从下午两三点钟起，陪到夜里十二点，这么长的时间，鲁迅先生都是坐在藤躺椅上，不断地吸着烟。

客人一走，已经是下半夜了，本来已经是睡觉的时候了，可是鲁迅先生正要开始工作。在工作之前，他稍微阖一阖眼睛，燃起一支烟来，躺在床边上，这一支烟还没有吸完，许先生差不多就在床里边睡着了。（许先生为什么睡得这样快？因为第二天早晨六七点钟就要起来管理家务。）海婴这时也在三楼和保姆一道睡着了。

全楼都寂静下去，窗外也是一点声音没有了，鲁迅先生站起来，坐到书桌边，在那绿色的台灯下开始写文章了。

许先生说鸡鸣的时候，鲁迅先生还是坐着，街上的汽车嘟嘟地叫起来了，鲁迅先生还是坐着。

有时许先生醒了，看着玻璃窗白萨萨的了，灯光也不显得怎样亮了，鲁迅先生的背影不像夜里那样黑大。

鲁迅先生的背影是灰黑色的，仍旧坐在那里。

人家都起来了，鲁迅先生才睡下。

海婴从三楼下来了，背着书包，保姆送他到学校去，经过鲁迅先生的门前，保姆总是吩咐他说：

"轻一点走，轻一点走。"

鲁迅先生刚一睡下，太阳就高起来了。太阳照着隔院子的人家，明亮亮的；照着鲁迅先生花园的夹竹桃，明亮亮的。

鲁迅先生的书桌整整齐齐的，写好的文章压在书下边，毛笔在烧瓷的小龟背上站着。

一双拖鞋停在床下，鲁迅先生在枕头上边睡着了。

从福建菜馆叫的菜，有一碗鱼做的丸子。

海婴一吃就说不新鲜，许先生不信，别的人也都不信。因为那丸子有的新鲜，有的不新鲜，别人吃到嘴里的恰好都是没有改味的。

许先生又给海婴一个，海婴一吃，又是不好的，他又嚷嚷着。别人都不注意，鲁迅先生把海婴碟里的拿来尝尝。果然是不新鲜的。鲁迅先生说：

"他说不新鲜，一定也有他的道理，不加以查看就抹杀是不对的。"

…… ……

以后我想起这件事来，私下和许先生谈过，许先生说："周先生的做人，真是我们学不了的。哪怕一点点小事。"

在一九三五年十月一日。

鲁迅先生的客厅摆着长桌，长桌是黑色的，油漆不十分新鲜，但也并不破旧，桌上没有铺什么桌布，只在长桌的当心摆着一个绿豆青色的花瓶，花瓶里长着几株大叶子的万年青，围着长桌有七八张木椅子。尤其是在夜里，全弄堂一点什么声音也听不到。

那夜，就和鲁迅先生和许先生一道坐在长桌旁边喝茶的。当夜谈了许多关于伪满洲国的事情，从饭后谈起，一直谈到九点钟十点钟而后到十一点，时时想退出来，让鲁迅先生好早点休息，因为我看出来鲁迅先生身体不大好，又加上听许先生说过，鲁迅先生伤风了一个多月，刚好了的。

但是鲁迅先生并没有疲倦的样子。虽然客厅里也摆着一张可以卧倒的藤椅，我们劝他几次想让他坐在藤椅上休息一下，但是他没有去，仍旧坐在椅子上。并且还上楼一次，去加穿了一件皮袍子。

那夜鲁迅先生到底讲了些什么，现在记不起来了。也许想起来的不是那夜讲的而是以后讲的也说不定。过了十一点，天就落雨了，雨点淅沥淅沥地打在玻璃窗上，窗子没有窗帘，所以偶一回头，就看到玻璃窗上有小水流往下流。夜已深了，并且落了雨，心里十分着急，几次站起来想要走，但是鲁迅先生和许先生一说再坐一下："十二点钟以前终归有车子可搭的。"所以一直坐到将近十二点，才穿起雨衣来，打开客厅外面的响着的铁门，鲁迅先生非要送到铁门外不可。我想为什么他一定要送呢？对于这样年青的客人，这样的送是应该的么？雨不会打湿了头发，受了寒伤风不又要继续下去么？站在铁门外边，鲁迅先生说，并且指着隔壁那家写着有"茶"字的大牌子："下次来记住这个'茶'，就是这个'茶'的隔壁。"而且伸出手去，几乎是触到了钉在铁门旁边的那个九号的"九"字，"下次来记住茶的旁边九号"。

于是脚踏着方块的水门汀，走出弄堂来，回过身去往院子里边看了一看，鲁迅先生那一排房子统统是黑洞洞的，若不是告诉得那样清楚，下次来恐怕要记不住的。

一九三六年三月里鲁迅先生病了，靠在二楼的躺椅上，心脏跳动得比平日厉害，脸色略微灰了一点。

许先生正相反的，脸色是红的，眼睛显得大了，讲话的声音是平静的，态度并没有比平日慌张。在楼下，一走进客厅来许先生就告诉说：

"周先生病了，气喘……喘得厉害，在楼上靠在躺椅上。"

鲁迅先生呼喘的声音，不用走到他的旁边，一进了卧室就听得到的。鼻子和胡须在煽着，胸部一起一落。眼睛闭着，差不多永久不离开手的纸烟，也放弃了。藤躺椅后边靠着枕头，鲁迅先生的头有些向后，两只手空闲地垂着。眉头仍和平日一样没有聚皱，脸上是平静的，舒展的，似乎并没有任何痛苦加在身上。

"来了吗？"鲁迅先生睁一睁眼睛，"不小心，着了凉……呼吸困难……到藏书的房子去翻一翻书……那房子因为没有人住，特别凉……回来就……"

许先生看周先生说话吃力，赶快接着说周先生是怎样气喘的。

医生看过了，吃了药，但喘并未停，下午医生又来过，刚刚走。

鲁迅先生坐在躺椅上，沉静的，不动的阖着眼睛，略微灰了的脸色被炉里的火光染红了一点。纸烟听子蹲在书桌上，盖着盖子，茶杯也蹲在桌子上。

许先生轻轻地在楼梯上走着，许先生一到楼下去，二楼就只剩了鲁迅先生一个人坐在椅子上，呼喘把鲁迅先生的胸部有规律性地抬得高高的。

鲁迅先生必得休息的，须藤老医生是这样说的。可是鲁迅先生从此不但没有休息，并且脑子里所想的更多了，要做的事情都像非立刻就做不可，校《海上述林》的校样，印珂勒惠支的画，翻译《死魂灵》下部；刚好了，这些就都一起开始了，还计算着出三十年集。

鲁迅先生感到自己的身体不好，就更没有时间注意身体，所以要多做，赶快做，当时大家不解其中的意思，都以为鲁迅先生不加以休息不以为然，后来读了鲁迅先生《死》的那篇文章才了然了。

鲁迅先生知道自己的健康不成了，工作的时间没有几年了，死了是不要紧的，只要留给人类更多，鲁迅先生就是这样。

不久书桌上德文字典和日文字典又都摆起来了，果戈里的《死魂灵》又开始翻译了。

鲁迅先生的身体不大好，容易伤风，伤风之后，照常要陪客人，回信，校稿子。所以伤风之后总要拖下去一个月或半个月的。

瞿秋白的《海上述林》校样，一九三五年冬，一九三六年的春天，鲁迅先生不断地校着，几十万字的校样，要看三遍，而印刷所送校样来总是十页八页的，并不是统统一道地送来，所以鲁迅先生不断地被这校样催索着，鲁迅先生竟说：

"看吧，一边陪着你们谈话，一边看校样的，眼睛可以看，耳朵可以听……"

有时客人来了，一边说着笑话，一边鲁迅先生放下了笔。有的时候也说："就剩几个字了……请坐一坐……"

一九三五年冬天许先生说：

"周先生的身体是不如从前了。"

有一次鲁迅先生到饭馆里去请客，来的时候兴致很好，还记得那次吃了一只烤鸭子，整个的鸭子用大钢叉子叉上来时，大家看着这鸭子烤得又油又亮的，鲁迅先生也笑了。

菜刚上满了，鲁迅先生就到竹躺椅上吸一支烟，并且阖一阖眼睛。一吃完了饭，有的喝多了酒的，大家都乱闹了起来，彼此抢着苹果，彼此讽刺着玩，说着一些刺人可笑的话，而鲁迅先生这时候，坐在躺椅上，阖着眼睛，很庄严地在沉默着，让拿在手上纸烟的烟丝，慢慢地上升着。

别人以为鲁迅先生也是喝多了酒吧！

许先生说，并不的。

"周先生的身体是不如从前了，吃过了饭总要阖一阖眼稍微休息一下，从前一向没有这习惯。"

一九三六年春，鲁迅先生的身体不大好，但没有什么病，吃过了晚饭，坐在躺椅上，总要闭一闭眼睛沉静一会。

许先生对我说，周先生在北京时，有时开着玩笑，手按着桌子一跃就能够跃过去，而近年来没有这么做过，大概没有以前那么灵便了。

这话许先生和我是私下讲的，鲁迅先生没有听见，仍靠在躺椅上沉默着呢。

许先生开了火炉的门，装着煤炭花花地响，把鲁迅先生震醒了。一讲起话来鲁迅先生的精神又照常一样。

鲁迅先生睡在二楼的床上已经一个多月了，气喘虽然停止，但每天发热，尤其是下午热度总在三十八度三十九度之间，有时也到三十九度多，那时鲁迅先生的脸色是微红的，目力是疲弱的，不吃东西，不大多睡，没有一些呻吟，似乎全身都没有什么痛楚的地方。躺在床上有的时候张开眼睛看看，有的时候似睡非睡的安静地躺着，茶吃得很少。差不多一刻也不停的纸烟，而今几乎完全放弃了，纸烟听子不放在床边，而仍很远地蹲在书桌上，若想吸一支，是请许先生付给的。

许先生从鲁迅先生病起，更过度地忙了。按着时间给鲁迅先生吃药，按着时间给鲁迅先生试温度表，试过了之后还要把一张医生发给的表格填好，那表格是一张硬纸，上面画了无数根线，许先生就在这张纸上拿着米度尺画着度数，那表画得和尖尖的小山丘似的，又像尖尖的水晶石，高的低的一排连地站着。许先生虽然每天画，但那像是一条接连不断的线，不过从低处到高处，从高处到低处，这高峰越高越不好，也就是鲁迅先生的热度越高。

　　来看鲁迅先生的人，多半都不到楼上来了，为的是请鲁迅先生好好地静养，所以把接待客人这些事也推到许先生身上来了。还有书、报、信，都要许先生看过，必要的就告诉鲁迅先生，不十分必要的，就先把它放在一处放一放，等鲁迅先生好了些再取出来交给他。然而这家庭里边还有许多琐事，比方年老的娘姨病了，要请两天假；海婴的牙齿脱掉一个要到牙医那里去看过，但是带他去的人没有，又得许先生。海婴在幼稚园里读书，又是买铅笔，买皮球，还有临时出些个花头，跑上楼来了，说要吃什么花生糖什么牛奶糖，他上楼来是一边跑着一边喊着，许先生连忙拉住了他，拉他下了楼才跟他讲："爸爸病啦。"而后拿出钱来，嘱咐好了娘姨，只买几块糖而不准让他格外地多买。

收电灯费的来了，在楼下一打门，许先生就得赶快往楼下跑，怕的是再多打几下，就要惊醒了鲁迅先生。

海婴最喜欢听讲故事，这也是无限的麻烦，许先生除了陪海婴讲故事之外，还要在长桌上偷一点工夫来看鲁迅先生为着病耽搁下来的尚未校完的校样。

在这期间，许先生比鲁迅先生更要担当一切了。

鲁迅先生吃饭，是在楼上单开一桌，那仅仅是一个方木了，许先生使眼神，且不要提到，若提到海婴又要麻烦起来了，一定要说是他的，他就要要。

许先生冬天穿一双大棉鞋，是她自己做的。一直到二三月早晚冷时还穿着。

有一次我和许先生在小花园里一道拍一张照片，许先生说她的钮扣掉了，还拉着我站在她前边遮着她。

许先生买东西也总是到便宜的店铺去买，再不然，到减价的地方去买。

处处俭省，把俭省下来的钱，都印了书和印了画。

现在许先生在窗下缝着衣裳，机器声格答格答的，震着玻璃门有些颤抖。

窗外的黄昏，窗内许先生低着的头，楼上鲁迅先生的咳嗽声，都搅混在一起了，重续着、埋藏着力量。在痛苦中，在悲哀中，一种对于生的强烈的愿望站得和强烈的火焰那样坚定。

许先生的手指把捉了在缝的那张布片，头有时随着机器的力量低沉了一两下。

许先生的面容是宁静的、庄严的、没有恐惧的，她坦荡地在使用着机器。

海婴在玩着一大堆黄色的小药瓶，用一个纸盒子盛着，端起来楼上楼下地跑。向着阳光照是金色的，平放着是咖啡色的，他招聚了小朋友来，他向他们展览，向他们夸耀，这种玩意儿只有他有而别人不能有。他说：

"这是爸爸打药针的药瓶，你们有吗？"

别人不能有，于是他拍着手骄傲地呼叫起来。

许先生一边招呼着他，不叫他喊，一边下楼来了。

"周先生好了些？"

见了许先生大家都是这样问的。

"还是那样子，"许先生说，随手抓起一个海婴的药瓶来，"这不是么，这许多瓶子，每天打一针，药瓶子也积了一大堆。"

许先生一拿起那药瓶，海婴上来就要过去，很宝贵地赶快把那小瓶摆到纸盒里。

在长桌上摆着许先生自己亲手做的蒙着茶壶的棉罩子，从那蓝缎子的花罩子下拿着茶壶倒着茶。

楼上楼下都是静的了，只有海婴快活地和小朋友们的吵嚷躲在太阳里跳荡。

海婴每晚临睡时必向爸爸妈妈说："明朝会！"

有一天他站在走上三楼去的楼梯口上喊着：

"爸爸，明朝会！"

鲁迅先生那时正病得沉重，喉咙里边似乎有痰，那回答的声音很小，海婴没有听到，于是他又喊：

"爸爸，明朝会！"他等一等，听不到回答的声音，他就大声地连串地喊起来：

"爸爸，明朝会，爸爸，明朝会……爸爸，明朝会……"

他的保姆在前边往楼上拖他，说是爸爸睡了，不要喊了。可是他怎么能够听呢，仍旧喊。

这时鲁迅先生说"明朝会"，还没有说出来喉咙里边就像有东西在那里堵塞着，声音无论如何放不大。到后来，鲁迅先生挣扎着把头抬起来才很大声地说出：

"明朝会，明朝会。"

说完了就咳嗽起来。

许先生被惊动得从楼下跑来了，不住地训斥着海婴。

海婴一边笑着一边上楼去了，嘴里唠叨着：

"爸爸是个聋人哪!"

鲁迅先生没有听到海婴的话，还在那里咳嗽着。

鲁迅先生在四月里，曾经好了一点，有一天下楼去赴一个约会，把衣裳穿得整整齐齐，手下挟着黑花包袱，戴起帽子来，出门就走。

许先生在楼下正陪客人，看鲁迅先生下来了，赶快说：

"走不得吧，还是坐车子去吧。"

鲁迅先生说："不要紧，走得动的。"

许先生再加以劝说，又去拿零钱给鲁迅先生带着。

鲁迅先生说不要不要，坚决地就走了。

"鲁迅先生的脾气很刚强。"

许先生无可奈何的，只说了这一句。

鲁迅先生晚上回来，热度增高了。

鲁迅先生说：

"坐车子实在麻烦，没有几步路，一走就到。还有，好久不出去，愿意走走……动一动就出毛病……还是动不得……"

病压服着鲁迅先生又躺下了。

七月里，鲁迅先生又好些。

药每天吃，记温度的表格照例每天好几次在那里画，老医生还是照常地来，说鲁迅先生就要好起来了，说肺部的菌已停止了一大半，肋膜也好了。

客人来差不多都要到楼上来拜望拜望，鲁迅先生带着久病初愈的心情，又谈起话来，披了一张毛巾子坐在躺椅上，纸烟又拿在手里了，又谈翻译，又谈某刊物。

一个月没有上楼去，忽然上楼还有些心不安，我一进卧室的门，觉得站也没地方站，坐也不知坐在哪里。

许先生让我吃茶，我就倚着桌子边站着，好像没有看见那茶杯似的。

鲁迅先生大概看出我的不安来了，便说：

"人瘦了，这样瘦是不成的，要多吃点。"

鲁迅先生又在说玩笑话了。

"多吃就胖了，那么周先生为什么不多吃点？"

鲁迅先生听了这话就笑了，笑声是明朗的。

从七月以后鲁迅先生一天天地好起来了，牛奶，鸡汤之类，为了医生所嘱也隔三差五地吃着，人虽是瘦了，但精神是好的。

鲁迅先生说自己体质的本质是好的，若差一点的，就让病打倒了。

这一次鲁迅先生保持了很长的时间，没有下楼更没有到外边去过。

在病中，鲁迅先生不看报，不看书，只是安静地躺着。但有一张小画是鲁迅先生放在床边上不断看着的。

那张画，鲁迅先生未生病时，和许多画一道拿给大家看过的，小得和纸烟包里抽出来的那画片差不多。那上边画着一个穿大长裙子飞散着头发的女人在大风里边跑，在她旁边的地面上还有小小的红玫瑰花的花朵。

记得是一张苏联某画家着色的木刻。

鲁迅先生有很多画，为什么只选了这张放在枕边？

许先生告诉我的，她也不知道鲁迅先生为什么常常看这小画。

有人来问他这样那样的，他说：

"你们自己学着做，若没有我呢！"

这一次鲁迅先生好了。

还有一样不同的，觉得做事要多做……

鲁迅先生以为自己好了，别人也以为鲁迅先生好了。

准备冬天要庆祝鲁迅先生工作三十年。

又过了三个月。

一九三六年十月十七日，鲁迅先生病又发了，又是气喘。

十七日，一夜未眠。

十八日，终日喘着。

十九日，夜的下半夜，人衰弱到极点了。天将发白时鲁迅先生就像他平日一样，工作完了，他休息了。

一九三九年十月

恩　情

——怀念周总理

廖梦醒

　　在第一届人代会开会时，总理在怀仁堂上通过走廊要到会议大厅去，因为旁边有很多代表，他经过我身边时，我不敢惊动他。我怕我多此一举，大家都蜂拥而上，就要花他很多时间了。当他闪过我身边时，我只轻声呼唤了一声，"阿哥!"他作出了一个极微小的反应，便顺利地通过了人群，进入了大厅。霎时，灯火通明。全场发出鼓掌之声。

　　太平洋战争爆发，香港沦陷后，日寇搜捕甚严，风声吃紧。少石（*编者注：廖梦醒的丈夫李少石*）和我不得不于风雨之夜，偷渡离港，于1942年春节前夕，到了澳门。不久后，我婆婆和女儿李湄也来了，我们一起住到5月。从重庆，周总理拍来了电报，嘱我和女儿陪同叶挺夫人和她女儿到重庆去，少石留港澳工作。

　　叶挺夫人母女以及我们母女，经由肇庆、桂林、贵阳、独山，于8月3日清晨抵达重庆。我们在山城郊区一个小旅馆休息一下。随行的叶挺同志的梅副官和周公馆取得了联系。总理派车来接我们到了曾家岩50号。

　　他们告诉我，总理这些时在歌乐山中央医院住院，做了一个小手术，很顺利，就要出院了。又说，总理的父亲刚刚去世了。

　　当天下午，天快黑了，总理回来了。叶夫人叫了他一声"大哥"。我还是叫他"阿哥"，那是我 1924 年第一次见总理时，他要我这样叫，并经过我父亲廖仲恺同意，我才这样叫的。总理看见了扬眉（编者注：叶挺之女叶扬眉）和李湄特别高兴，便这手挽着一个，另手挽着另个。

坐定之后，我哀伤地对总理说，"听说老太爷不在了，我们向您致唁。"不料他一下子从座上站起来，非常悲痛。我心想，谁说共产党没有父子之情，没有人之至情呢？总理是具有最深挚感情的人。我心里更难过了。我们默默无言，眼睛也湿了。

总理的父亲，后来葬在重庆小龙坎的坟地，即现在的烈士陵园。那里也葬着邓大姐的母亲及其他已去世的同志，其中还有我的少石。总理和大姐都十分孝顺各自的父母。到 1958 年"大跃进"时，毛主席提出：死人应该给活人让路。总理带头，火化了他的父亲和大姐的母亲的遗体，其余遗族也照做了。火化后的骨灰放在坛子里深埋了，这都是后话了。

当天到晚餐时，总理已恢复常态。他在二楼的室内告诉我，这次调我来是因为孙夫人要恢复保卫中国同盟的工作。当时我们称宋庆龄副委员长为孙夫人。保卫中国同盟是孙夫人主持的。原来在这组织中的外国友人那时还没有来重庆，连一个打字员也没有。我又恢复到我原来的工作岗位上，担任秘书兼办公厅主任。在香港的炮火下我们分手时，孙夫人拥抱过我，现在我又回到了她身边。不久我仍然管财政。

我们初到时，住在曾家岩50号周公馆，即18集团军驻渝办事处。这地方那时只有楼下和二楼一部分。第二天我在厨房门口洗衣服。办事处的人赶紧把我的洗衣盆搬进屋里，小声告诉我："别让楼上的特务看见你。他们都是监视我们的。"

原来这座楼已受到特务监视。由那里到马路上还要通过两边挤着特务的茶馆小巷。他们麇集在那里，看见有人出来就盯梢。孙夫人不希望特务尾随我跟到她家。不几天我就搬了两次家，后来住进了张家花园中华全国文艺界抗敌协会对过的一座楼房中。

总理那时叮嘱我："发现有人盯梢的话，不要紧张，不要看他。若无其事，可去商店买点东西。店里如果有另一个门，就由另一个门出去。不要仓皇失措，否则他更加注意你。反正你的户口是公开的，就是跟到你家门口也不要紧。"我亲聆教诲，对特务盯梢，总是处之泰然。

在我到曾家岩的第一天，总理要大家叫我李太太。他嘱咐我，为了适应我的身份，不要忘记打扮成一个太太的样子。我经常出入孙夫人家，她看我穿得朴素，还找出她的衣服给我改了穿，还给我高跟鞋。1943年的一个夏天，有一封密件，要我亲手交给周总理，不可丢失。我很快到了曾家岩，上二楼推开房门，看见总理伏案书写。我说，"阿哥，我带来一个密件，等回信。"总理说，"拿来我看。你在藤椅上休息休息吧，看你满脸的汗。"他一说，我才觉得是很热了，拿出手绢擦汗。然后我从手袋里取出一卷麻绳，我早就想给总理修理他的藤椅。椅子上的藤皮都松了卷，一条一条地垂下来。我刚修好了这藤椅的前面部分，总理已写好了回信。他站到我的后面，我抬头，就看见他双眼在看我修好的地方。我说，"阿哥，用剩的麻绳别扔了，下回我还要修理后面坏掉的地方。"

总理慈祥地点点头，把信交给我，并说，"收藏得好一些。"我说，"我走了，保证送到。"

那天天气很热。我来时很急，去时就毫不匆忙了。我悠悠闲闲地通过那条小巷，到了马路边的汽车站。我上公共汽车时就感到有人跟我上来了。我很快下了这辆车上了后面的车子，他又跟了上来，而且占着下车的门口那个位子。那特务是有名的长脚高个子，诨号"火车头"（50号同志给他取的诨名）。我盘算了一下，故意坐在车前面的第一个位子上。车过了孙夫人家的重庆新村，我不下车。过了观音岩一站就是七星岗了。我瞄了瞄那个特务，他似乎肯定我已逃不出他的手掌了，因此东张西望，不再注意我。那时重庆的公共汽车行左侧，从前门上，后门下。他守在后门出口处，我下车非经过他不可。我的高跟鞋有三寸高。重庆的公共汽车没有门，只有门框，我趁车子快进《新华日报》门市部这一站时，没站起身来已放下了左脚。瞧他不注意，一刹那跳了下去，正好停稳在月宫茶室门口。车子倏然飞过我身边。我钻进月宫茶室，坐进了有门帘的座位间隔里。这家咖啡店，进店要从马路边上，走下几步石阶，它是靠路边的天窗取光的。特务"火车头"飞跑的长脚从天窗闪过。我要了一杯咖啡，喝了一大口，就从店侧的一个小斜坡向下跑去。转了一个大弯到了临江门，又换乘一辆公共汽车。这次平安无恙，我把总理的密件妥善送到了。

一次，总理带同我们母女去郊区看望陈铭枢。车上总理谈起我父亲被暗杀的事。总理说，"那时陈铭枢哭得最伤心，简直是号啕大哭。"这一说我也记得是听到过他哭声的。当时整个医院都能听得到的。陈铭枢是坚决抗日的。那天他也谈起了淞沪抗战的19路军的英勇气概。总理说，"民主人士应当团结起来，和共产党一致抗日。廖仲恺先生如果还在，一定不会让蒋介石反共媚日的。"这话正说到陈铭枢心上。总理鼓励他参加民主运动。后来他就积极参加了。

邓大姐到重庆后，有一天总理和大姐来我家，请我去吃一顿寿面，原来那天是总理生日。我们到了都邮街的冠生园。和总理一起去的一个朋友是和总理同年同月同日生的。我也是和大姐同年同月同日生的。我们两对"老同庚"各据方桌一方，老虎同志和司机同志也各据方桌一方，那天吃得很简朴而又很合口味。这是我在重庆时最高兴的一天。

我每天到孙夫人家上班，保卫中国同盟办事处就设在她家。捐给八路军的医疗器械，从国外运进来，都经过孙夫人这里送过去。当时胡宗南的部队包围着陕甘宁边区，边区缺医少药。正好国外捐来了一架大型X光机，运到飞机场。能飞到延安去的只有美国军用机，但舱门只容一个人通过，大型X光机竟不得其门而入。总理叫我和孙夫人商量。孙夫人叫我去找史迪威将军的副官杨上校。他是夏威夷出生的华侨，很得史迪威信任。我找到他，他跟我讲英语。我把情况说明，问他可否想想办法。他立刻转告史迪威将军。史迪威很同情我们，下令把一架军用飞机的舱门拆开放大。大型X光机装进飞机后，史迪威担心夜长梦多，恐怕发生变故，专门嘱咐杨上校快让飞机飞出。过一天，我去见总理，他满面笑容，对我说，"X光机已运抵延安。这里有你出的力。"我回去报告孙夫人，她听了也很高兴。解放后，我在宋副委员长家里看见一位杨姑娘，就是杨上校的女儿，可惜来不及交换地址就分手了。

我作为保卫中国同盟财务主任，收到海外华侨捐献的款项，大都是交给延安的。取款时办事处的汽车在约定时间开到重庆中国银行门前等着。我直接找孔祥熙的顾问艾德勒，那时叫他艾德勒先生，向他要现金。有时一取就是两三麻袋，钞票装得满满的。我让车子载走了麻袋，就独自走回家去。艾德勒同志和冀朝鼎合作得很好，一点马脚不露。孔祥熙还顶信任他们。有一次在一条小巷内碰到冀朝鼎，那时我不知道他亦是同志。他放低声音问我："周先生好吗？"我想，你是孔祥熙手下红人，还能是好人吗？我不敢回答，便问，"哪个周先生？"他急忙离开我走了。我报告了总理，以为冀朝鼎有意试探我。直到1949年夏天，我随邓大姐到上海接孙夫人，大姐带我到中国银行顶楼。我看到他，吓了一跳，从此我们便成为好同志了。想到他和艾德勒两位同志冒险在敌人阵营里工作，非常钦佩他们。

少石对工作很负责，严谨得近乎拘束。我到重庆两年多的时间里，他经常有电报拍发到重庆办事处，而从不提及私事。因为港澳与重庆不能通信，我也未收到过他片纸只字。一次总理问我："老李近来怎样？"我说，

"我们别后，既无音讯，又无消息。"总理说，"老李这个人太古板了。他经常有报告经电台发来，但怎会连一字家书都不附来呢？"

不久之后，总理就把少石调来重庆了。总理对我说，"老李还得住办事处，你有没有意见？"我说，"一切服从组织决定。"我知道总理这样做是因为工作需要，但又何尝不是照顾了我们呢？

1945年10月8日，少石在曾家岩。那天龚澎同志、章文晋同志也在，我们一起在三楼走廊上吃午饭。饭后我和他说好，要他回家吃晚饭，因有客要来，他答应了。他和我走到门口，通过一个地道，他站在地道下面，挥手向我告别。我不知为什么有点恋恋不舍的感觉，谁料想得到这天会出事呢？

这天6点钟，客人都到了，我忽听见牛角沱山坡下汽车喇叭不停地叫。我心里不安，好像是在叫我似的，其实这真就是在叫我的。但他们说，"对面就是蒋介石的资料研究所，很多汽车往来。你又没有约人，谁来叫你呢？"但他们也问老李为什么还不来？我们先吃，留了点菜给他。到7点多他还没回来。

客人走了，女儿也上床了。我也准备就寝，忽然有人敲门，敲得很急。他们是从曾家岩来的，不止一个人，对我说，"周副主席要你马上去。"我就对女儿说，"妈妈去一下就回来，你乖乖的自己睡。"我带了一条小手绢，出门把门倒锁上，就走了。他们走得飞快。我几乎跌倒，他们就扶着我。我说，"周副主席待我多么好，有事还派车子来接我。"后面的同志带着哭音叫我，"你不要说了！"我才觉得奇怪。

到了曾家岩 50 号门口，屋里冷冷清清。看见晓红，我问她什么事。她摆着手逃走了，口里说"不知道"。我便觉得一股冷气直冲我心。我一面上三楼一面叫："少石！少石！你在哪里？"我看见龚澎同志在门口，显然是刚擦干眼泪，抑制着感情对我说，"少石同志受了一点伤，现在我陪你去看他。"

我飞奔下楼。我们上了车，一路无言。到了七星岗的市民医院，我跑得很急，几次几乎跌倒，幸亏龚澎同志扶着我，直到我进入一间病房。满眼只看见鲜血，一盆盆的血水，一球球的血棉。心知有异。他们把盖在少石脸上的毛毯揭开了一角。我扑了上去。他已冰冷了。

我大哭，脚也不自主地抽筋，颤着跳着。他们把我拉开，让我坐在旁边一把椅子上。李汇川同志扶着我，不让我扑跌在地上。后来郭枫同志来替他。他们在患难时这么爱护我，我哭湿了他们的大块衣襟。

后来我才知道，当时总理正在参加张治中宴请毛主席的酒会。酒会前，柳亚子先生到办事处找总理。总理没有空，让徐冰接见，徐冰让少石陪他。他们谈诗谈得高兴，分手时依依不舍。当用总理的车送柳亚子回沙坪坝时，柳要少石也上车，可以多谈一会儿。结果车回来时，遇到几个国民党伤兵，车闪过时，一个兵举枪射击，子弹从背后击中了少石。司机立刻把他送到市民医院去抢救，又把车开到《新华日报》门市部。同志们马上打电话给龙飞虎同志。飞虎就请总理出来，告诉他少石遭到枪击。总理留下护卫毛主席的人员，告诉主席有事要出去一下，同飞虎同志赶到医院。少石那时还活着，但已不能讲话了。

总理沉痛地对他说："20年前，在同样的情况下，我看到你的岳父……如今我又看到你这样……"这时总理发现我不在身旁，立刻派车子去接我。少石没有等到我来，来不及见我最后一面，便溘然长逝了。

1924年，总理从巴黎回国，是我父亲亲自接他到黄埔军校担任政治部主任的。1925年，父亲被刺。总理参加了廖案检察委员会，做了大量的工作。

我痛哭了一夜，只有一条小手绢，湿透了又拧干，拧干了又湿透。天亮后，张晓梅同志来了，我拿出钥匙来，请晓梅同志去把我的女儿接来。女儿来了，又抱头痛哭。总理来了，多方安慰我，并叫我考虑怎样装殓。我不知道怎样回答，他耐心地等着我，我只知道哭。

因为要解剖尸体，我转移到另一个小间。解剖结果，证明他是被一粒"达姆达姆"弹击中的。美国《时代》周报记者白修德对我说，"打死你丈夫的人很狠毒，用的是世界上都禁止用于打人的子弹。这是打野兽用的。用普通子弹打野兽如果打不死，野兽反扑过来对猎人就有危险。达姆达姆弹是必欲置诸死地时才用的。"我叫他别说了，我只是哭着。

总理又问我用什么衣服装殓？我说，"少石同志20多岁就入党，一直忠心耿耿为党工作，他一定希望以一个八路军战士的身份入土。"总理同意了，亲自到场，让人用八路军灰布军装把少石同志装殓好，才叫我们母女进去作最后的告别。总理对我的爱护，我永世难忘。

入殓的第二天，总理亲自参加了追悼仪式。办事处、《新华日报》和许多民主人士参加了这个仪式。会后总理又随灵走到墓地，亲自看棺木入土，叫车送我们到化龙桥山上去住。这期间来看了我好几次。我要求总理代我请毛主席给少石写几个字。10月12日清晨5点钟，毛主席要乘飞机返回延安。毛主席4点钟起床，写下了：

> 李少石同志是个好共产党员
> 不幸遇难永志哀思

我在红岩山上住了十来天后，总理告诉我，孙夫人快要回上海去了。因为少石之死，我已有十多天没有到保卫中国同盟去工作。孙夫人希望我回去办公，并准备搬回上海。我听从了总理的话，又回到牛角沱。总理安排了红岩山上的大师傅的爱人帮我料理生活，因为我受的打击太大，身体异常衰弱。但孙夫人处的工作我不能不做，只能顶上去做。不多天后，孙夫人先飞回上海了。她要我尽快找船赴沪。

龚澎同志为我找到了一条船，临行之前，总理又谆谆开导我，"这10年以来，孙夫人一直需要你在她身边帮忙。现在也找不到适当的人能代替你。我知道你不愿离开重庆，我是能理解你的心情的。但是为了党的需要，你还是要勉为其难了。"我说，"只是现在去上海，一个人也不认识，母女二人，孤苦伶仃呵！"总理说："你不是没有熟人的，我已写信问过许广平大姐，你住她家方便不方便。许大姐已有回信来了。她说，衷心欢迎梦醒住在我家。你放心前去吧。"总理对我的关怀真是怎样说也说不尽的。

1946年，总理到了南京，曾两次派人到上海，接我到梅园新村。第一次是承志到了南京，总理派人接我去，使我们姊弟重逢。第二次又接我去，住不几天就到8月20日，先父忌辰。那天总理、董老、邓大姐、承志和我都到了廖墓，大家向父亲的墓行礼，照相留念。几天后总理又派同志送我回上海。

总理在上海期间，我经常送信去马思南路的总理住处。后来总理叫我没有重要的事不要到马思南路去。一天我收到母亲寄来的一封信，信上问我，"脸上的皮肤病有没有恶化？"我不觉摸摸我的脸，很奇怪。我并没有皮肤病，怎么母亲这样问我？信上又说，"上海空气不好，是否早些让孙女儿来港？"我专门去了马思南路把信给总理看。他一看就懂，说，"你妈妈怕特务认识了你。怕你被捕，孩子就会没有着落，要叫外孙女到她家住。"我说我是打算让女儿跟你们一起去延安的。对这个想法，总理没有同意。他说，"延安可能要打仗，带着孩子不方便。你是迟早也要到香港去的，让孩子先去吧。"这话可给他说对了。一年多之后，我的名字也上了黑名单。我要地下电台请示他。他指示说，"上了黑名单就赶快走吧，还请示什么呢。"

总理从上海撤回延安时，我一点也不知道。一天，一个不相识的同志送来一包东西。打开一看是用羊毛纺的一块延安制的衣料。我一看就想起有一次总理在他的办公室嘱咐我，"除了到孙夫人那里上班外，别的地方都不要去。"这时他旁边就放着这块羊毛料子。我得到了这一件珍贵的礼物，心知他已经离开上海，眼泪都流下来了，挂念着他，不知他是否已安全到了延安？我从上海去香港时，半夜上船，只提了一只小皮箱。不能带多少东西，但我还是带走了这块又厚又重的、我们母女现在时常还穿着它的、珍贵的毛料。

在香港，我母亲何香凝老人和李济深等正组织国民党民主革命委员会。党组织给母亲举办了一个祝寿大会，以团结各民主党派，迎接全国解放。那天民革送来一幛大红寿帐，挂在客厅正中。又在一个酒家摆了十几桌的宴席。席间各民主党派代表讲了话，拥护共产党，庆祝解放军的胜利。过了不多天，北京解放的消息传来了。

党派我照顾母亲在香港住到 1949 年 3 月。我多次动员母亲到北京去，她说怕冷，不肯早走。后来听说承志又添了一个儿子，才急于进京去了。刚好领导上租到一条希腊人的船，就上船出发。但这条船没有走过这段航线。据说是看到威海卫灯塔向左一转就到天津，但那天大雾蒙住了灯塔。幸而承志乘了一条小火轮来了，用无线电通话联系。希腊船长只懂英语，只好由我翻译。报告了我们的船所处的经纬度，小火轮把我们接到了天津。在天津住了两天，全家乘火车进北京。

到了北京站。我望着火车窗外，一眼就看到总理和邓大姐在向我们招手。很多黄埔军校的，现在都成了著名将领，还有很多民主人士，几乎把车站都挤满了，前来迎接我母亲。这时的欢喜简直无法描写。出车站的时候，大姐拉着我的手说，"你当了18年的秘密党员，现在北京都解放了，你可以公开你的党籍了。"我想了一想回答，"公开党籍是我的光荣。但上海还未解放，孙夫人还在上海。还是等以后再说，好吗？"大姐同意了我的意见。

当晚，毛主席在怀仁堂请我母亲吃饭。我们也奉陪在末座。只见灯火辉煌，画栋彫梁。周总理、邓大姐和好些我还未见过的人都在席上。总理问我，"多少年未来北京了？"我说这还是第一次。总理笑我说起话来南腔北调，要我好好学习北京话。

第一届全国政协会议快要开会了。总理写了很多信要请孙夫人来京，并派邓大姐和我去接孙夫人。到了上海，邓大姐叫我先去孙夫人家。当时我身穿灰布制服，头戴灰布军帽，出现在孙夫人跟前。她还以为我是一个女兵。我叫了她一声"Auntie！（姑姑！）"她才知道是我，非常高兴，领我进客厅坐下。我慢慢地告诉她，北京的许多同志都在盼望她去北京开会。为此，恩来同志特派邓大姐前来迎接她。

孙夫人说，"北京是我最伤心之地，我怕到那里去。"我说，"北京将成为红色中国的首都。邓大姐代表恩来同志，特来迎你。你打算什么时候见大姐？"孙夫人说她想好了再通知我。只过了两天，我们就接到孙夫人宴请邓大姐的请柬。几次交谈之后，大姐把孙夫人说服了。8月底我们乘车北上。

9月1日，孙夫人车抵北京站。在月台上，毛主席、朱总司令和周总理都来了，我妈妈也来了，都来迎接孙夫人。当天晚上，毛主席宴请孙夫人，又是一次盛会。他们畅谈甚欢。我又在末席恭陪。

那天我穿了一件旗袍。承志回家后对我说，"现在民主人士是穿长裤短上衣的。"杨大姐也叫我去统战部领件棉衣。他们不知道我是1931年的党员，还以为我是民主人士。1937年，总理曾对我说过，"认识你的国民党员太多，你千万不能暴露你的共产党员身份。对任何人都不要说，有事只直接和我联系。"我直到1953年才公开了党员的身份。

开国以后，我参加了第一届全国政治协商会议，当选为第一、二、三届的人大代表，又当上第五届政协委员。在第一届人代会开会时，总理在怀仁堂上通过走廊要到会议大厅去，因为旁边有很多代表，他经过我身边时，我不敢惊动他。我怕我多此一举，大家都蜂拥而上，就要花他很多时间了。当他闪过我身边时，我只轻声呼唤了一声，"阿哥！"他作出了一个极微小的反应，便顺利地通过了人群，进入了大厅。霎时，灯火通明。全场发出鼓掌之声。一排排的水银灯照得全场灿烂辉煌，全国各民族人民花团锦簇，欢聚一堂……

17年间，我们充满了信心和光明，都因为敬爱的总理昼夜操劳，关怀着全国人民。那时没有想到后来的9年，斗争的形势这样复杂而且残酷。但正是在这样空前的浩劫中，人民越来越明白，越来越敬爱我们的总理了。对于我来说，1976年的新年是过得最黯淡的了。我因腿部骨折在北京医院住院。每有人来看我，我都问总理的病怎样了？但谁都不告诉我真情。总理原来的保健大夫周大夫看过我几次，他只说情况虽不太好，但还是会好的。8号的那天晚上，不知怎的，我一整夜都是这里痛那里痛的，总睡不着。9日早晨6点钟，听见一个病房里的一个病人号啕大哭，哭得我很奇怪。早晨周大夫又来看我，只告诉我总理情况不好。我们已经泪如雨下。其实我女儿早已知道总理逝世的消息了。她到北京医院时，周大夫和她商量，叫她慢慢地告诉我，怕我一下子知道，心脏受不了。因此见到我时，只说"总理情况最近恶化"。我看她神色不对，但因我住的是单人病房，她对我封锁消息是容易的。直到10日下午，我女儿向总理遗体告别归来，周大夫又和她商量怎样来告诉我。他们商量好了，才推开我病房的门。我一看他们臂缠黑纱，就号啕大哭起来，"你们不必讲了，我知道了"。不久，我的外科主治大夫刘大夫推了一辆轮椅来，把我抱上轮椅。我女儿、孙女儿推着我去向总理遗体告别。一路上人很多，都顾不上招呼，只顾饮泣，终于进入了灵堂，看见了无微不至地关怀了我家三代人的总理躺在灵床上。这时我忽然想起我母亲去世之前，总理曾几度同大姐一起去看她。母亲很怕火葬，她愿意运棺去南京与父亲合葬，以完她"生则同衾，死则同穴"的夙愿。她几乎哭诉说，"我不要烧，我不要烧。"总理安慰她，"不烧，不烧，已在替你找寻棺木了。"1972 年 9 月 1 日凌晨 3 时，母亲去世了。那时总理已在病中，还亲自到车站送灵，并派邓大姐亲自护灵到南京安葬。在母亲的告别仪式上，总理在我左耳边低声说了一句话，事后，我顿足捶胸，后悔没有带助听器，总理对我讲的最后一句话是什么呢？现在已经永远不能得知了。这将是我毕生的憾事。奈何奈何！我不由得大哭起来。我父亲之死是我早年最伤心之事，我丈夫之死是我中年最伤心之事，总理之死却是我晚年、又是一生之中最伤心之事。11 日总理遗体送八宝山，我们在医院院子里送灵车出发。夜晚，我女儿在路边等着，到 11 点才见一辆红旗车从十里长街开回来。后来，女儿告诉我，"还是总理平日乘坐的那辆红旗车，还是原来的司机同志驾驶。车开得很慢，好让我们看得仔细一些，可是车里再也看不见总理了，在他平日的座位上，有的只是一盒骨灰。"怎知这还随风散去了，却留下了永恒的记忆。

附记：近四年来我一直想写一篇悼念恩来同志的文章，每次提起笔来都难过得写不下去。不久前，老朋友徐迟同志来看我。抗战期间我们在重庆比邻而居。自然而然我们谈起在重庆的生活和斗争，回忆起恩来同志对我们的教诲，感慨万千。他鼓励我写些回忆文章，并答应帮助我整理。现在这篇文章，就是表达我们共同对恩来同志的一片心意。

她是夏衍一生中唯一盛开的"百合花"

沈　芸

　　我祖父母曾经是那样的郎才女貌，在他们登对的外表背面，是日益显露出来的性格差异：我爷爷刚毅，我奶奶柔弱；我爷爷坚定，我奶奶迷茫；我爷爷理性，我奶奶情绪……我爷爷把自己锻造成了一个革命者，我奶奶依然是一个普通人。然而，这之间所有的距离，没有改变他们的家庭轨迹，有一对双方珍爱的儿女，他们的爱情转化为了坚固的亲情。

1971 年，我爷爷夏衍还被关在监狱里，他在里面的判断没错，林彪事件以后，外面的政治空气将会发生变化。

果然，断了几年的音信，又通知家里可以给他送衣物了，他人还活着，这是最好的消息。隔过年，通知可以探监了，全家喜极而泣。

我记得第一次探监的时候，我还跟着妈妈在唐山，是我奶奶、姑姑、爸爸他们去的，没有我们第三代。后来，我爸爸说，爷爷跟 6 年前进去的时候变了一个人，面无血色，腿断了，拄着双拐。爷爷偷偷塞给我姑姑一张手纸，上面用烧焦的火柴头写着四个字：不白之冤。

当天深夜，我爸爸听见奶奶一个人在房间里痛哭失声……他们自 1924 年相识相爱相亲以来，这样杳无音信的分离从未有过。我们浙江人有一句话：一块饼搭一块糕。我觉得用来形容我爷爷和奶奶再贴切不过。

爷爷说："她是我的百合花"

我奶奶蔡淑馨是浙江德清一户有钱人家的长女，她的父亲是杭州纬成丝织公司驻沪总账房（经理）蔡润甫。德清也是我们太奶奶的娘家，蔡家是她的乡亲。这个儿媳妇可以说是母亲亲自为儿子定下的姻缘，当时我爷爷刚刚经历了一场单相思的失恋。

我们的太祖母是一个绝顶聪明的人，她是了解儿子的，这不能是一桩旧式婚姻，为在日本留学数年的儿子选的媳妇一定要是一位新女性。

这位蔡小姐是一位出众的美人，在"颜值就是真理"的年纪，她很快赢得了我爷爷的心。他在1925年2月28日的日记里便写道："最后，我须得将这些感想告诉爱的淑——我的百合花！"

我奶奶长着一张典型中国人选媳妇的脸，同时还天然具备大家闺秀的气质，端庄贤淑，而不是妖艳轻薄。她有一对厚耳垂，我爷爷说是福相，我觉得她是旺夫。

他把她比喻成"百合花",还不仅仅是外表,还因为她的审美。我奶奶是一个很有美感的人,她的服饰穿着很雅致,她对颜色的品位影响着我和我姑姑两代人。我爷爷这样评价:"淑妹喜用淡紫色信笺及深青信封,紫为高贵之征,青为纯洁之象,与余素好符合可喜,信笺于默诵时每有幽香尤令神往,此种幽香与邮花后的口脂,皆吾爱人赐我的慰藉也。"

我爷爷把他们缠绵的恋爱写到了两篇自传体小说《新月之下》和《圣诞之夜》里。

1925年9月7日,在我爷爷的极力促使下,蔡家终于同意资助长女赴日留学,进入奈良女子高等师范学校念预科。我爷爷有着将他未婚妻打造成时代女性的愿望,而我奶奶也有着不做花瓶的决心。她在1927年下半年离开奈良,只身一人去东京学习油画。

摩登的上海,1930年那张结婚照上的他俩是一对璧人。在婚纱和礼服搭配的时髦程度上,绝不逊色于1927年结婚的蒋宋。

我爷爷的人生驶入了快速道，我奶奶则留在了原地

    理想和现实之间的距离总是那么遥远，梦想照进现实的光芒，不会眷顾到每一个人。"左翼十年"对于我爷爷来说，是"在荆棘中作战，在泥泞中前行"。而对于我奶奶则是放弃职业女性的理想，成为两个孩子的母亲。支持我爷爷从事地下工作，是我奶奶对丈夫事业的最大理解。1935年田汉被捕后，我奶奶给林维中母女送去过稿费。

    我奶奶的油画，色调不灿烂，情绪不阳光。相反，在她的国画里，构图、色彩和线条却平衡和谐。虽然她是家中长女，可是母亲的早逝，需要她接受和面对前后的两任继母及随即出生的弟妹们，她在心理上总会有不安全感的阴影，这也使她在气质上多少有些忧郁。好在上帝给了她一个能干而又负责任的丈夫，尽管他们之间随着年龄的增长，精神上的差距越来越大了。

    1937年全面抗战爆发，我奶奶最宝贝的儿子——我爸爸出生了。与此同时，周恩来来到上海，给我爷

爷派了新的任务，赴广州办《救亡日报》。从此，我爷爷的人生驶入了快速道，我奶奶则留在了原地。

对于离开上海，我爷爷是犹豫的，但周恩来耐心地说服了他。他对自己的小家庭给予了最为妥善的安排，他自己的家在爱文义路普益里，岳父家在至德里，很近，照顾起来很方便。

蔡家很看重这位大女婿，岳父和第三任岳母给我爷爷的地下工作提供过很多帮助，我爷爷尤其对这位深明大义的继岳母感情深厚。她的孩子们对我爷爷的称谓不是姐夫，而是"端先哥"。

大舅公，我奶奶的大弟弟给我讲过他们幼年的趣事。过年的时候，蔡家的小孩儿们要给父母亲大人磕头，我爷爷也起哄跟着要一起下跪，岳父母连忙把他拉起来，说使不得，使不得……

跟每个中国人一样，抗战中一家人分离的日子是艰苦的。我爷爷把这种离愁别绪写进了剧本《一年间》《心防》和《愁城记》里，他心中的孤岛上海如同老舍笔下《四世同堂》的北平。这一"身在南国，心系江南"的真实生活场景，分别被记述在了杜宣和田汉的文章里。

（1939年）到桂林后，我（杜宣）即去找夏公。他住在报社二楼楼梯口朝北的房间，面积大约12平方米左右。一张三屉书桌对着北窗，一张单人床靠墙放着，此外还有个书架，几把木椅。在书桌上竖立着沈宁和她弟弟的照片，上面写着"沈端先第二世"。此外，在窗旁又贴了一张白纸条，上面写着"本室有蝇虎二只，杀敌有功，尚希仁人君子，爱护为幸"。所以一走进室内，就感到主人的潇洒和风趣。（杜宣：《二十世纪伟大的儿子》）

还是在桂林，1942年4月，田汉问（夏衍）：

"——哦，你的太太呢？她还在上海吗？"我忽然想起在上海时我们过从甚密的他那贤美的夫人。

"她到香港来过一次，因为生活的艰窘，

儿女的累赘，比以前老多了，头发也白了些了。"

…… ……

"——可是你为什么不接你太太来呢？"

"因为儿女都在上海，那时她觉得还是住在那儿便当，所以又回上海去了，但后来不成了。最近来信，米不容易买，她每天只能吃两顿稠饭……"

"你怎么办呢？"

"有什么办法？现在也管不了许多了。"这样说着他的眉宇间显然地飞上了深深的忧郁……

田汉是最懂我爷爷的人，在这篇"序《愁城记》"的文章中，田汉最后写道：

但夏衍是可信的。他告诉我们该走向大圈子里去。他自己就是首先从小圈子里跳出来的人！

他们登对的外表背面，是日益显露出来的性格差异

同甘共苦容易，比翼双飞艰难。这种怅然若失的情绪，流露在《芳草天涯》的剧本里。

中年是丰富的，收获了果实，也凋零了落叶。我祖父母曾经是那样的郎才女貌，在他们登对的外表背面，是日益显露出来的性格差异：我爷爷刚毅，我奶奶柔弱；我爷爷坚定，我奶奶迷茫；我爷爷理性，我奶奶情绪……我爷爷把自己锻造成了一个革命者，我奶奶依然是一个普通人。

然而，这之间所有的距离，没有改变他们的家庭轨迹，有一对双方珍爱的儿女，他们的爱情转化为了坚固的亲情。

当年，在他们同去留日的轮船上，我爷爷帮助女同学们拿东西，他的肩上手中挂满了她们的小物件。我奶奶的同学钱青笑着说，沈先生真像一头骆驼，任重道远。这句玩笑话，直到解放以后，我爷爷还记得，有一次在家里，他对钱青意味深长地说："你以前是不是叫我骆驼？我就是要做骆驼，哈哈！"

抗战后回到上海，我奶奶做过一段时期的小学校长。1949 年以后，政治气候发生了变化，她不适应，我爷爷索性就让她辞职回家了，她本来也不是社会型的人。我爸爸说过，小学校里的人都讲，蔡校长人很老实，不会说空话，不会整人。

我爷爷希望我奶奶回到自己的绘画世界里去，在这方面，他一如既往地支持她。我姑姑去苏联留学后，我爸爸也是有机会的，但是，我爷爷考虑到自己公务繁忙，我奶奶的感情很寂寞，她一门心思都在这个儿子身上，从小到大没有离开过，留在身边是对她的感情抚慰。于是，就没有同意儿子去留学，在上海念完交通大学以后，去良乡工厂工作了一段时间，然后回北京教书。

我奶奶是个很念旧的人，她的朋友还是二三十年代友谊的延续。她跟张光宇的夫人张家姆妈住得近，共享很多秘密。导演贺孟斧的夫人方青是她的闺蜜，两人总有说不完的悄悄话。她常跟吴觉农、陈宣昭一家，胡愈之夫人沈兹九和林维中走动，也会去看望不幸的关露。

原本由吴作人安排去美院旁听的计划，由于学生们的议论中止了。她没有自己的工作，朋友圈子又很小，每天待在家里写字、画画、管家务。其实，她过得很吃力。

大黄很明白自己的地位，它和我奶奶两个相依为命

1966 年 12 月 4 日深夜两点多钟，我爷爷被抓走了。那一夜的 113 号陷入了巨大的恐惧之中，剩下我奶奶和姑姑她们，惊慌失措、瑟瑟发抖。第二天一早，大街上就贴出了"热烈欢呼揪出彭罗陆杨和'四条汉子'"的大标语。

多年以后，文联的小杜（杜继琨）阿姨告诉我："你爷爷被抓走以后，你奶奶找过我不下十次，来打听下落。你姑姑给陈伯达写信，没有下文。"

我在很晚才知道，我爷爷被抓走后，我奶奶也被抓走过，时间不长。估计是造反派从她嘴里实在是挖不出来关于我爷爷的材料，她的确是不知道，我爷爷是不会告诉她很多事情的。

那些天她是怎么过来的？是个谜。放回来以后，她

整个人都不好了，这是她晚年精神抑郁的开始。

接着就是七户人家来抢占我们家的房子，把我奶奶轰到了她自己院子的一个角落里。后来的日子，她与这些抢她房子的人共处一个屋檐下，一直活在巨大的恐惧里。随后，儿女先后被下放，就剩下她一个人，孤独地守着老宅。

我们家被断了自来水，我爸爸请他留京的一位同事老金叔叔，每周来为我奶奶从公用水管打水、挑水，储在一个大水缸里，用上一个星期。冬天时暖气也给停了，我爸爸要教会我奶奶生蜂窝煤炉子，对我奶奶这样一个长期生活在南方的人，学起来并不容易，最令人担心的是煤气中毒。

倾巢之下，安有完卵。

我们家这粒完卵，能从这场浩劫中得以幸存，就是靠我奶奶在惊吓、折磨、恐惧和孤独中支撑下来的。很多人，像周扬夫妇、梅龚彬夫妇等，夫妻俩都被抓进去以后，子女遣散，家也没了，等再回来的时候，有些人就先住在万寿路中组部招待所。

我奶奶是一个没有单位的家庭妇女，她连拿生活费的地方都没有，我爷爷的工资停发，存款冻结，就断炊了。革命者做出的牺牲，往往是要一个普通人来承受。我爷爷在狱中留下的"文革日记"里多次提到："对不起妻子、儿女……"

我奶奶的脆弱心灵就在这风雨中飘摇了十年。她年轻时，对我爷爷的爱称是日语的"猫"，此时，我爷爷只能给她留下一只老猫。

大黄"博博"是我们家的功臣，它还是每天一早跳上枣树，蹿到房顶上，那是它的领地，家已经被人占了，可是屋顶的领导权还掌握在它手里，这方圆几条胡同的母猫也是归它统治的。它在房顶上溜达、睡卧、躲藏，待上整整一天，等下面安静了，再从树上下来，回家吃饭。

大黄很明白自己的地位，它是我奶奶唯一的亲人，两个相依为命，再晚回家，我奶奶也会给它准备一口吃的，和它说说话。闹猫时节，大黄有时候几天几夜不归宿，我奶奶着急了，等它到夜里。当大黄拖着又脏又臭的身体一头撞进家门，冲向饭盆的时候，我奶奶会爬起来，嘴里埋怨着它，给它拌拌饭，擦擦毛。大黄理也不理，一头扎进饭盆，吃饱了，又蹿出去找母猫恋爱了。只要看到一眼大黄，我奶奶的心里就踏实了。

哪怕是最绝望的至暗时刻，我奶奶和大黄也是坚信我爷爷会活着回来的。一家人就这么死守了八年零七个月。

我爷爷有了消息，我奶奶的生活总算是安定了一些

1972 年 9 月以后，先后有过 5 次探监，每一次家里都要紧张忙活一阵。大家都想给爷爷带最好的东西，那时候，买什么都要凭票，物资不好搞。

我奶奶熬了一锅火腿老母鸡，将清汤滗出来倒进玻璃瓶装上。我爸爸好不容易买到中华烟，掰掉过滤嘴，塞进大前门的纸烟盒里。

我们祖孙的第一次见面就是在府学胡同的卫戍区接待室里。时间偏后，要到 1974、1975 年，我五六岁，从唐山回到北京了，我大概去过两次。

我记忆最清楚的是在一个冬天，有可能是最后一次探监。1975 年 2 月 9 日，我奶奶穿了一件棉大衣，头上

扎了一个三角巾，我姑姑穿了一双老式的棕色麂皮系带棉鞋，他们手里拎着带去的东西，领着我们小孩子。一大家子人走到胡同里的一个大灰门前，只见大门上的一个小窗口拉开了，露出一双警惕的眼睛，问明来意，放我们一行6个人进去，然后把我们带到一个中间放着乒乓球台子的房间，拄着双拐的爷爷被一个军人扶着进来，大家围着乒乓球台子坐下。大人们用上海话开始交谈，我们小孩子玩起了爷爷的拐棍。

我爷爷有了消息，人也见到了。我的爸爸和姑姑也陆续从干校回来了，我奶奶的生活总算安定了一些。

这一年的6月3日，我爷爷被送至秦城监狱，直到这一天，他才算是正式入狱，这是问题要解决的前兆。7月12日清晨，宣布我爷爷解除"监护"，关了这么多年，我爷爷的语言表达出现了障碍。

我爸爸说，要给爷爷先吃清淡的东西，慢慢恢复他的胃功能，刚从牢里放出来的人，不能吃得太油腻，大鱼大肉会让肠胃受不了。

迎接他的家，已经破败了，经过这番折腾，家徒四壁，几件不成套的红木家具散落在凌乱的客厅里，也就是爷爷回来后睡觉的地方。我奶奶房间隔断上糊的高丽纸破烂不堪，家里不成样子。

大黄猫"博博"病了，从 6 月底就不吃不喝了，一直挺着，它像是先知，预感到老主人要回来，它坚持等，要见最后一面。我爸爸记述：

> 7 月 12 日中午，老头回来，博博已经站不起来。后腿不能动了，靠两只前爪，爬到老头坐的藤椅下，望着老头，父亲十分难过，到了半夜博博就去世了。

一代屋顶的霸主，黄猫"博博"，1962—1975，卒年 13 岁。

我爷爷被逐出了社会生活，远离了政治核心的漩涡，过着一个普通老人的平常生活。他每天在家里负责帮我奶奶记菜账，替我爸爸管理一下我这个小孙女，跟曾经的位高权重相比，手中的权力少得可怜。

他想吃月盛斋五香酱牛肉，我姑姑跑去给他买回来，一吃，完全不是原来的味道了。我奶奶说，炖牛肉的原汁都被月盛斋的老板娘坐月子喝掉了。

我们沈家的三代女性都擅长烹饪，尤其是红烧牛肉，做得各有千秋。我爷爷最喜欢我奶奶做的，他说以前姚瑧他们周日来家里打百分，这道菜是留客吃饭的保留节目。我爸爸最怀念我奶奶做的油焖对虾，那红油虾汤拌饭，想想都要流口水。

自从我爷爷回来后，我奶奶整个人都像是绷紧的弦突然一下子松开了，精神头越来越不济，脑子里时常会冒出一些怪念头，我爷爷跟她，俩人已经没有太多的话可说了。她还是每天操持着家务，上午提着竹篮子去买菜，一早一晚雷打不动地听着广播学英语和日语。然后是反反复复读报。

我爷爷对这种状况是无言的，他心里清楚她病了

我奶奶写一手漂亮的毛笔字，我们家公认她的字比我爷爷写得好。她的一把鹅毛扇和婚纱上的一条丝巾成了我的玩具。我奶奶身上文艺女青年的艺术细胞，还在让她继续画画，题材只有两个内容："大熊猫"和"女

兵出塞",这是永远也完不成的画作,我爷爷早已不做评价了。我觉得,她给我画的猪是最好的,猪的尾巴会打成一个结,生动可爱。

她每天坚持吃山药,如果没有买到山药,就吃山药豆。她自己缝了一个长形的小布袋,里面装满了干黄豆,她用这个东西敲腿,一边敲一边数,可是我总是听见她来回地在念:十七、十八……十七、十八……

我奶奶的头发全白了,她早上起来梳头发的时候,还保留着老习惯,肩上要搭一块梳头的布,我奶奶用的东西,色彩都很讲究,这块布也是她早年从日本带回来的。她对自己的头发很精心,慢慢地、细细地梳,一根一根长长的白发掉落在那块青灰色的衬布上。

我爷爷对这种状况是无言的,他心里清楚她病了。我奶奶本来就不够坚强的神经,在经历了这场劫难后,彻底被击垮了。

我奶奶比我爷爷小4岁,比我爷爷早11年离世。1989年11月20日,我爷爷写信告诉他们的留日朋友钱青:

淑馨已于一九八四年十月（一日）去世，时年八十，她受"文革"刺激，八二年以后即神志失常，时有幻听幻觉，去世前已成植物人，所以临终前没有什么苦痛。

真善美是一个三角，如果缺了顶上的"真"，没有了左边的"善"，右边的"美"也就不存在了。而相对于世界上所有的心机和算计，单纯和善良才是最可贵的。

我是我们家的后代里长得最像我奶奶的孩子，我爸爸对此总说，这才是我爷爷喜欢我的原因。

或许，我奶奶留给我爷爷记忆的，始终都是那朵盛开的百合花。

2018 年 9 月 8 日于北京

团 聚

——沈从文和他的家人

沈虎雏

　　爸爸常带我上街，爱逛古董铺、古董摊。掌柜的全认识他，笑脸相迎。他鉴赏多，买得少。我看出老板们不是巴结他腰包，而是尊重一个行家。他间或买些有裂纹的瓷器，因为贱，常像小孩一样，把这新玩意儿得意地向朋友显摆。我对这些没兴趣，但不放弃一同上街机会，跑遍了城南城北和几个小市，路上总有话说。

一

分明听见爸爸在呼唤："弟弟!"

猛然坐起来,睡意全消。习惯夜间照料他,我趿上鞋,又停住了。

很静,没人唤我。街灯在天花板上扯出斜斜窗光,微暗处隐现爸爸的面影,抿嘴含笑,温和平静,那是同他最后分别用过的遗像。他不再需要照料,已离开我们半年了。

遗像下有两行字,那是他的话:

　　照我思索,能理解"我"。

　　照我思索,可认识"人"。

从我还不记事起，命运一再叫我们家人远离，天南海北，分成两处、三处，甚至更多。摊上最多的是跟爸爸别离，这给每次重逢团聚，留下格外鲜明印象。

最后几年团聚，中国人在重新发现沈从文，我也才开始观察他生命的燃烧方式。有过许多长谈短谈机会，倾听他用简略语句吃力地表达复杂跳动思绪，痛感认识爸爸太晚了。

我不大理解他。没有人完全理解他。

二

我刚满月，卢沟桥炮声滚过古都。

我两个月时，爸爸扮成商人，同杨振声、朱光潜、钱端升、张奚若、梁宗岱等结伴，挤上沦陷后第一列开离北平的火车，绕过战线，加入辗转流向后方的人群。待到妈妈终于把我们兄弟拖到云南，全家在昆明团聚时，我俩的变化叫爸爸吃惊：

　　小龙精神特别好，已不必人照料，惟太会

闹，无人管住，完全成一野孩子。

　　小虎蛮而精壮，大声说话，大步走路，东西吃毕嚷着"还要"，使一家人多了许多生气！

我俩不顾国难当头，不管家中有没有稳定收入，身子照样拼命长，胃口特别好。

　　尤以小虎，一天走动到晚，食量又大，将来真成问题。已会吃饭、饼、面。

爸爸说："天上有轰炸机、驱逐机，你是家里的消化机。"

消化机是大的应声虫。"大"，就是龙朱哥哥。我虽处在南腔北调多种方言环境，却跟大学一口北京话，自认为北京人，十分自得。湘西人称哥哥为大，这称呼想必是爸爸的影响，直到今天我说"哥"字还挺绕口。

1939 年 4 月以后，昆明频频落下日本炸弹，我家疏散到呈贡乡下。过不久，爸爸长衫扣眼上，多了个西南联大的小牌牌。每星期上完了课，总是急急忙忙拎着包袱挤上小火车，被尖声尖气叫唤的车头拖着晃一个钟头，再跨上一匹秀气的云南小马颠十里，才到呈贡县南门。这时我常站在河堤高处，朝县城方向，搜寻挎着包袱的瘦小长衫身影，兴奋雀跃。直到最近，我才知道他上火车之前，常常不得不先去开明书店，找老板预支几块钱。沉甸甸的包袱解开，常常是一摞书、一沓文稿，或两个不经用的泥巴风炉，某角落也有时令我眼睛发亮，露出点可消化东西。

流向龙街的小河如一道疆界，右岸连片平畴一直延伸到远远的滇池，左岸是重重瓦屋。房子建在靠山一侧坡坎上，间杂一些菜园和小片果木，多用仙巴掌做绿篱。这些落地生根植物，碰到云南温暖湿润红土迅速繁殖，许多长成了大树，水牛在结实的仙巴掌上蹭痒。杨家大院挨着一排这种树，背靠一带绿茸茸的山坡，地势最高，在龙街算一所讲究宅院。除杨家几房和帮工居住，还接纳我们十几家来来去去的房客。

妈妈每天去七里外乌龙埠，给难童学校上课，爸爸下乡的日子，也到难童学校和后来的华侨中学讲几堂义务课。

孩子们日子过得还像样。龙龙每日上学，乡下遇警报时即放炮三声，于是带起小书包向家中跑，约跑一里路，越陌度阡，如一猴子，大人亦难追及。小虎当兆和往学校教书时，即一人在家中作主人，坐矮凳上用饭，如一大人，饭后必嚷"饭后点心"，终日嚷"肚子饿"，因此吃得胖胖的，附近有一中学，学生多喜逗他抱他散步。一家中自得其乐，应当推他。

一人守家并不好玩，我会说"无聊"这个大人用的词，白天老想朝外跑。跑出杨家大院有五条道：去河边的，随妈妈打水洗衣天天要走几次，不新鲜；通龙街的半路有群白鹅，长脖子挺直一个个比我还高，那神气仿佛在我脸上选择，该用善拔草的扁嘴在哪儿拧一下？去龙翔寺山道有鲜丽的巨大花蝶，无声无息拦路翻飞，肯定是坏婆娘放盅；第四路有凶狗，第五条多马蜂，我一人出去，不敢跑很远。

爸爸在家，常问我们兄弟：

"猴儿精！稳健派！怕不怕走路？勇敢点，莫要抱。"

这真适合我们好动如球性格，于是几人四处跑去。远则到滇池涉水，近则去后山翻筋斗，躺着晒太阳，或一同欣赏云南的云霞。背山峡谷里小道奇静，崖壁有平地见不到的好花，树桠巴上横架着草席包裹的风干童尸。有时跑很远去看一口龙井咕咕冒水，或到窑上看人做陶器，讨一坨特别粘的窑泥玩。若进了县城，路越走越高，冰心家在最高处。听说冰心阿姨去重庆坐过飞机，我觉得这真了不起，编进杜撰的儿歌。古城乡魁阁像楼又像塔，我挺羡慕费孝通伯伯一伙专家，天天在上边待着。我们最多的还是在野外随处乱跑，消耗掉过剩精力，再回来大嚷肚子饿。

兄弟俩不但消化力强，对精神消费也永不满足，逼得妈妈搜索枯肠，使出浑身解数来应付。于是我们听熟了她小时朱干奶奶用合肥土话哄她的童谣；又胡乱学几句妙趣横生的吴语小调，是在苏州念中学时，女同学一本正经教她的；英文歌是对大进行超前教育，我舌头不灵活，旁听而已。妈妈看过几出京戏，不得不一一挖出来轻声唱念，怕邻居听见，因此我们知道了严嵩、苏三等人物。昆曲真莫名其妙，妈妈跟充和四姨、宗和大舅、查阜西伯伯们凑到一块，就爱清唱这种高雅艺术，我们兄弟以丑化篡改为乐。救亡歌曲是严肃的，必须用国语或云南话唱。对于我跟大贪得无厌的精神需求，妈妈计穷时，如果爸爸在家，就能毫不费力替她解围。

两个装美孚油桶的木箱，架起一块画板，是全家文化活动中心。我们围坐吃饭，妈妈在上边改作业，大在上边写"描红"大字，爸爸下乡来，也常趴在画板上写个不停。轮到有机会听故事讲笑话时，每人坐个蒲团，也是围着它。云南的油灯，粗陶盏子搁在有提手的竹灯架上，可以摆放，又能拎挂。家里这盏如豆灯火，常挂在比画板稳的墙上。我学会头一件有用事，就是拿糊裱褙剔下的破布条搓灯芯。现在全家围拢来，洗耳恭听爸爸唱歌，他总共只会一首：

"黄河黄河，出自昆仑山—嗹流经蒙古地—咿转过长城关！一二一！一二一！"十足大兵味，定是在湘西当兵时学的。大家笑他，他得意，从不扫兴。

"不好听？我来学故事吧！"

这才是拿手。于是"学"打老虎，猎野猪，捉大蟒故事，又形容这些威严骄傲兽物的非凡气度，捕食猎物的章法。

熊娘是可笑东西："熊娘熊娘打空瞌，不吃伢崽吃哪个？"

我并不怕，那不过是脸被胡子下巴扎一气，胳肢窝被胳肢一番罢了。若躺着听故事，他就会眯小眼睛，迈起熊步，吧嗒着嘴，哼哼唧唧，熊娘要吃"不哉"了。我始终不明白，为什么小孩脚趾叫"不哉"？但熊娘已逼近脚丫，摘得我奇痒难忍，喘不上气，熊娘十分开心：

"啊唔啊唔好恰，果条伢崽没得掐恰！"（凤凰方言"吃"说成"掐"或"恰"音。）

学荒野故事时，爸爸还随时学蛇叫，模仿老虎叫。讲到猪被叼着耳朵，又被有力的尾巴抽赶着进山时，那猪叫声也逐渐远去。他学狼嚎听来瘆人，于是又学十几种鸟雀争鸣，自己总像那些陶醉于快乐中的雀儿。

他的故事永不枯竭，刚讲完一个就说：

"这个还不出奇，再学一个《杜十娘怒沉百宝箱》。"

我还不能听准他的凤凰口音，暗想呈贡县城马寡妇店里一坨坨鹅蛋形辣豆豉肯定好吃。

"豆豉娘是县城里那个寡妇吗？"

"当然！就学《豆豉娘怒沉百宝箱》。"

下一个更出奇的，就会学成《酱油娘棒打薄情郎》。他的故事像迪斯尼先生的卡通片一样，人物情节都随想象任意揉搓变形，连眼前家人，也在故事里进进出出，方便着呢。我们兄弟心里，没有"父亲的威严"概念，而爸爸的狼狈失态丢面子经历，给许多故事大增光彩。我一个方块字还不认得时，已熟悉《从文自传》主人公一切顽劣事迹，以及受处罚的详情。他讲到曹操半夜翻墙落入茅坑，故意不声张，等着伙伴跳下来一块儿倒霉，我以为爸爸跟他们是一伙。为撩拨消化机的兴奋点，故事里随时加些美味道具：

"妈妈读大学时候不肯理我，见到我就跑。有一天她到书店，喏，这样子左手挟两本洋书，右手拎一盒鸡蛋糕。头发后边短短的像男孩子，前边长长的拖到这里，快遮起眼睛了，呱！一下甩上去，要算神气喃。好，进了书店，忽然一抬头，看到柜台后边萧克木先生，戴个黑边眼镜，像我像极了。好，以为碰到沈从文，即刻，呱！丢下鸡蛋糕，扯起脚就跑！"

"后来呢？"

"跑了嘛，就完了。"他冲我微笑。

我实在不放心："那后来呢？"

头一次团聚生活在我眼里，总像云南的蓝天和彩霞一样洁净明丽。绑成长串的枯瘦四川壮丁路过龙街，疫病肆虐到处有人倒毙的场面，周围有时发生的残酷事情，爸爸妈妈遇到的种种烦恼，他们都小心又小心地不叫我们看见，只是没办法完全做到。

孩子们虽破破烂烂，还活泼健康，只是学校不成学校，未免麻烦！三姊下月即不再做事，因为学校要结束……大多数教书的都有点支持不下去……

……政治方面又因极讨厌那些吃官饭的文化人，不愿意与他们同流合污混成一气，所以还不可免要事事受他们压抑，书要受审查删节，书出后说不定尚要受有作用不公正批

评……我相信有一天社会会公道一点，对于我
的工作成就能得到应得待遇的。

三

浑身锈斑的昌黎号缓缓贴向青岛码头。我崇拜机
器，这座散发着火车气味、海腥味和酽尿臊臭的庞然大
物是我的圣殿，离开上海烂泥码头以来，它摇得我又晕
又吐，这会儿好了，我得仔细瞻仰。

船上两根不太长的吊杆，从仓里合着揪起沉重网
包，工头喊着奇怪的号令，两边吊索或张或弛，让网
包凌空摆动，忽然顺势放绳，大网兜着几十个麻袋，
人猿泰山一样悠向码头落稳，我对开起重机人物充满
敬佩之情。

网开了，汉子们握钩掀动沉重麻袋，扛起鱼贯走向
仓库。黑衣警察挥舞皮带驱赶妇孺，她们个个捏着小簸
箕小笤帚，飞快地收敛地上东西，原来运的是大米。

我们母子正赶去北平同爸爸会合，半年多不见，我
早已十分想念。何况北平是最美好的地方，爸爸讲过许

多北平的故事，那儿有我本来的家，有大跟我睡过的小床，有收音机，日本人来了，藏在煤堆里。

对面码头和港内远处，泊满灰色美国军舰，方头登陆艇来往繁忙，我跟大争论着，想知道的事情太多，答案太少。

青岛街上车马稀少，商店清清冷冷，公园荒凉肃杀，栈桥破破烂烂，海滩空无一人。沿途经过几处营房，这里好像兵多于民。青岛并不像爸爸妈妈讲的那么美。

换内衣时，胸口沉甸甸有个硬东西。

"路上不太平，给你们每人缝两块洋钱。"妈妈小声嘱咐，"还缝了地址条，失散了，就各自想办法去北平，到北京大学找爸爸。"

"有那么危险？"

"听说，八路军扒铁路、截火车，船到秦皇岛，咱们还得坐火车呐。"

我有点紧张："要是八路逮去，危险吗？"

"不一定有这事。只是怕万一铁路断了，有人趁乱抢劫。落在八路手里反而不必怕，说不定他们知道爸爸是北大教授，会送你去北平。"

"那我宁可让八路军逮一回玩玩。"

妈妈笑起来："人家要是喜欢你，把你留下当小八路。过几年这小八路再来看爸爸妈妈。"

在秦皇岛看到数不清的煤堆，想起收音机，我一心向往着快到北平见爸爸，不愿被八路逮一次了。

火车又脏又挤又慢，沿途景色灰黄单调，唯一难忘印象，是一路有无数大小驻军碉堡。

中老胡同三十二号有红漆大门，进去不远又有二门，爸爸引着我们绕过好几幢平房，才到西北角上新家，这院子真大。

大院住二十几家教授，有三十多个孩子，好些在昆明就相识。吴老倌在联大附小揍我，按照文明校规被罚喝黄连水。大闻小闻在昆中北院斗剑，拿竹竿互打，喊着"阿里巴巴四十大盗，铿！铿！铿！"那时我跟大真为他们捏把冷汗。遵从伯妈们建议，我得去几个乖女孩读书的孔德学校，插四年级班，暂时受到点管束。

跟我先前进过的五所学校相比，孔德是唯一不用体罚的地方，但学费合两袋洋面，我憋着将来考一所公立中学。因为在孔德上学，爸爸每星期交我一包稿子，带给学校附近的《益世报》办事处。我懂得这是许多人辛辛苦苦写成，要印在下星期副刊上的重要东西，心怀一种担负重任的秘密快乐。

虽说团聚了，像在龙街全家围坐忘情谈笑的机会总也等不来。爸爸很忙，没空逗我们玩，这不能在乎，我大了，爸爸也有些不同了。

在云南乡下，除了吃不哉，爸爸还老要"打股骂曹"，叫我趴床上，他照那椭圆形肉厚处，拍打出连串复杂节奏，一面摇头晃脑，哼着抽象含糊的骂曹檄文。可能手感很好，总也骂不完，大在一旁等不及，自动贴到旁边：

"爸爸该打我了！该打我了！"

现在他还是幽默温和，可总有点什么不同以往，没办法跟爸爸纵情玩闹了。

空寂的北海冰已开始疏松，我头一次见到一个滑冰的人，那种式样的白塔也没见过。

"山顶那个白塔真大！爸。"

"妙应寺还有个更大，元朝定都时候修的，比故宫早得多。这个塔更晚，清朝的。"

故宫博物院金碧辉煌，我原以为凡是古董爸爸都欣赏，到这才知道他有褒有贬。

"皇帝身边有许多又贵又俗气东西，并不高明……"

他对每个角落每件器物，好像都能讲出些知识典故，或嘲笑当年的种种古怪礼仪，又或对精美展品赞不绝口，自己说得津津有味，听的人都累极了。

天坛壮美无比，圜丘坛像巨大的三层奶油蛋糕，袁可嘉叔叔站在蛋糕上环顾四周：

"这简直是几何！是几何！"

我被祈年殿的庄重完美镇呆了，什么也说不出。爸爸指着那最高处：

"梁思成伯伯和林徽因伯妈都上去过，测绘了所有构造。"

他还讲北京另外许多建筑有多美，但又说：

"啧！可惜了！已经毁掉很多了！"

日子一长我注意到，他在欣赏一棵古树、一片芍药花，或凝视一件瓷器，一座古建筑时，往往低声自语：

"啧！这才美呐！"

就跟躺在杨家大院后山坡看云彩一样，但现在经常接着轻轻叹息。他深爱一切美好东西，又往往想到美好生命无可奈何的毁灭。

他常带我上街，爱逛古董铺、古董摊。掌柜的全认识他，笑脸相迎。他鉴赏多，买得少。我看出老板们不是巴结他腰包，而是尊重一个行家。他间或买些有裂纹的瓷器，因为贱，常像小孩一样，把这新玩意儿得意地向朋友显摆。我对这些没兴趣，但不放弃一同上街机会，跑遍了城南城北和几个小市，路上总有话说。

"那是我二十几年前住过的公寓。丁玲同胡也频也住过，我介绍的。老板对我们特别好，肯赊账。"

我看到曾叫汉园公寓那座小楼，隔北河沿对着北大红楼，河沿死水恶臭，垃圾如山。那两个人，爸爸妈妈偶然谈起，听得出在他们心上的分量，都是特别好的朋友，但我除了见过两本爸爸写他们的书，从未见过人。

"他们现在在哪儿？爸。"

"胡也频早就被偷偷枪毙了。丁玲在那边。"

我大吃一惊。"那边"，就是八路，敢情他们是共产党!

其实，爸爸的老少朋友，即使被社会所不容，所践踏，所抛弃，他也从不讳言同这些人的交往和友情。朋友可以有完全不同信念，走不同的方向，令他倾心难忘的，总是这些人生命和性格中，爸爸所看中的美好部分。我当时一点不懂这种非功利的对待友情态度。

我家的客人很多，年轻人多来找爸爸谈写作。有个白脸长发大个子一坐必很久，叉开两腿亮出破鞋裂口，坦然自若凡人不理，爸爸待他，同那些斯文腼腆学生没有两样。问起他的来历，才知并不是大学生。

"会写点诗，肯用功，没有事情做。唉！毕了业的也没有事情做。"

不知他想到了哪个学生？

东安市场里，妈妈让我帮着长眼，选了支大金星钢笔，是为大表姐买的。这两天以瑛大表姐在里屋和爸爸妈妈关门嘀咕，不像别的亲友大声说笑，听得见爸爸在叹气。

常有人说："此处不留爷，自有留爷处；处处不留爷，爷去当八路！"

可现在，"姐"要当八路去了。她来去都静悄悄的，没露出"爷"的豪气。

爸爸也常带我去访友，学者教授艺术家，多是清茶一杯，记不得在谁家吃过饭。这天说要带我去看一个伟人。奇怪！他会有伟人朋友？

"你念念这诗。"他递过一本翻开的洋装厚书。

"我从山中来，带得兰花草，种在小园中，希望花开……嗨！这种诗像小孩子写的！"我为这么厚的洋装书抱屈，"胡适之写这个，就算伟人啦？"

"当然不止这些。不过那时候能写这种小孩子东西已经很了不得。没人提倡这些，你就读不到那么多新书，我也不会写小说。"

我这时已在囫囵看些叶绍钧、鲁迅、张天翼、老舍和爸爸写的厚书。

胡适之没我想的那样可怕，敢情伟人也是人！老太太笑眯眯摸我的脑门：

"刚刚做的媒……小的都这么大了……"

我以为她刚在楼下做煤球，纳闷怎么两手雪白，而且比妈妈的粗巴掌柔软？

奥蒂诺·雷东
(Odilon Redon 1840 — 1916)

　　法国 19 世纪末象征主义画派的主要画家。他的美学思想，主要来自象征主义文学家和诗人马拉美等人的作品。他认为绘画主要是想象的结果，而不是靠视觉印象的再现。因此，他反对印象主义的色光追求，而致力于表现现实世界中根本不存在的鬼怪幽灵和幻觉形象。1879 年至 1889 年，雷东主要从事石版画创作，创造了许多离奇、梦幻的形象，例如在卵中孵化出来的诗人、夜空中同月亮在一起的眼睛、吞噬生灵的怪蛇、展开双翼的马……评论家把这些作品称为是超现实主义和达达主义的先驱。粉笔画也是雷东艺术的一大特色，画面散发天鹅绒一般柔和的效果。

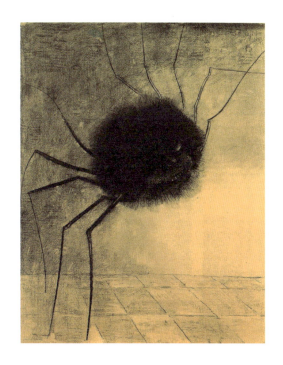

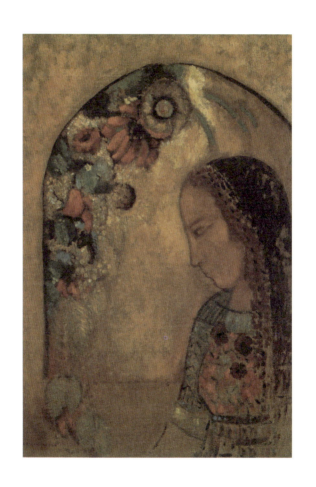

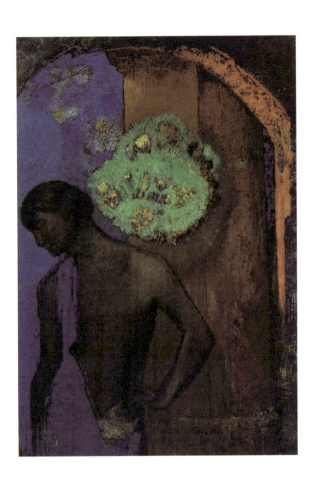

爸爸妈妈愁苦难过，在为朋友揪心。报上说警宪包抄了灯市西口那座房子，搜捕共党。徐盈伯伯和彭子冈阿姨就住在那儿，是《大公报》记者。两人中徐盈伯伯来访次数多些，他总是温和亲切，坐不多会就走了。爸爸妈妈常在背后夸赞他们。

> 谈中国问题，我就觉得新闻记者徐盈先生
> 意见，比张东荪、梁漱溟二老具体。言重造，
> 徐先生意见，也比目下许多专家、政客、伟人
> 来得正确可靠！

过几天放学回家时，爸爸正抓着徐伯伯手两人坐一张条凳上相对微笑，大一看见马上笑着嚷起来：

"我知道你和彭阿姨的事。你们都是'那个'。"

徐伯伯和蔼如常，像什么也没发生。

十年后，他们在自己人当中遭到了更大麻烦……

四十年后，爸爸在高烧住院时，仅仅听到别人谈起他们名字，当即老泪纵横。这是后话。

1948 年 7 月 30 日晚，在颐和园东北角一间潮湿房

子里，爸爸给城里的妈妈信中写道：

　　我一面和虎虎讨论《湘行散记》中人物故事，一面在烛光摇摇下写这个信，耳朵边听着水声秋虫声，水面间或有鱼泼刺，小虎虎即唉哟一喊，好像是在他心上跳跃。一切如此真实，一切又真像作梦！人生真是奇异。我接触的一分尤其离奇。下面是我们对话，相当精彩：

　　小虎虎说："爸爸，人家说什么你是中国托尔斯泰。世界上读书人十个中就有一个知道托尔斯泰，你的名字可不知道！我想你不及他。"

　　我说："是的。我不如这个人，我因为结了婚，有个好太太，接着你们又来了，接着战争也来了，这十多年我都为生活不曾写什么东西。成绩不太好。比不上。"

　　"那要赶赶才行。"

　　"是的，一定要努力。我正商量妈妈，要

好好的来写些。写个一二十本。"

"怎么，一写就那么多？"（或者是为礼貌关系，不像在你面前时说我吹牛。）

"肯写就那么多也不难。不过要写得好，难。像安徒生，不容易。"

"我看他的看了七八遍，人都熟了，还是他好。《爱的教育》也好。"

一分钟后，于是小虎虎呼鼾从帐中传出。

四

"剩下许多稿子，只好尽量退还作者。"

爸爸交给我一些要寄出的邮件，而不是送到《益世报》办事处的一卷。要打仗了，他忙着一一处理别人的心血。

吉六先生：你文章因刊物停顿，无从安排，敬寄还，极抱歉……一切终得变。从大处看发展，中国行将进入一个崭新时代，则无可怀疑……人近中年，情绪凝固，又或因性情内向，缺少社交适应能力，用笔方式，二十年三十年统统由一个"思"字出发，此时却必须用"信"字起步，或不容易扭转，过不多久，即未被迫搁笔，亦终得把笔搁下。这是我们一代若干人必然结果。如生命正当青春，弹性大，适应力强，人格观念又尚未凝定成形，能从新观点学习用笔，为一进步原则而服务，必更容易促进公平而合理的新社会早日来临。

北平要打一仗，我和伙伴们兴奋不已。兄弟俩用掉很多卷美浓纸，把窗玻璃糊成一面面英国国旗样子，好容易才完工。大跑出去转一圈，带回沮丧消息：

"人家陈友松伯伯窗户用纸条贴字，风雨同舟，还有别的什么来着。"

大院各家商议，选较宽的东院挖了几条壕沟。我乘机在家门口也大兴土木。头三年早就立志挖口井，在云南大地上掏了二尺深怎么还不见水？只好提两桶灌进去自慰。这次挖了五尺深，妈妈说：

"把煤油桶藏进去吧，安全点。"

没有抹杀我的成就。

六年级教室窝在礼堂背后，礼堂里传来陌生的歌声，真好听！趴窗缝看，只见里边一群中学生，没有老师，自己在练唱：

"山那边哟好地方，一片稻田黄又黄。大家唱歌来耕地呀，没人为你做牛羊……"

嘿！是八路军的歌！我们几个钻进去，抄那黑板上的词谱，大同学们并不见怪。

街上到处是兵，执法队扛着大刀片巡逻。已经听到炮声，终于孔德也塞满了军人，停课了，真开心！大院孩子们天天扎堆玩闹，那些大人们你来我往，交换不断变化的消息。

来了个同乡军官，为不得不退缩城里而烦恼。我凑近去看美式配备卡其制服上的徽记。

爸爸问他："听说清华学生打起旗子去欢迎，搞错了，迎到撤退的部队，朝学生扫射，是不是你的兵？"

"没听到过。要是碰到我，也会下令开枪！"

"啧！啧！"他摇着头，"那是学校嘛！还去丢了炸弹。"

"这是战争！有敌人就要打！"

"已经死多少万人了！啧！战争……"

南京飞来的要员，以前西南联大爸爸一个上司来过家里，让他赶快收拾南下，说允许带家眷，很快就要上飞机。现在飞机只能靠城里的临时机场，住处附近已常有炮弹落下，一次总是两发，皇城根一带落过，银闸胡同也落了，筒子河上还炸死过几个溜冰的人。传说北池子北口防痨协会做了弹药库，炮是朝那儿打的。小孩子们都不知道怕，议论着八路为什么老打不中？

爸爸的各种朋友不断进出，大人们一定在商议那件重要事情，家里乱糟糟的。

我暗自高兴，期待着坐一回飞机，又很想把这一仗看到底。北平这么好！我家有什么必要逃出去呢？这样矛盾着胡思乱想，没容我想两天，事情已决定，我们不走。爸爸的一些老朋友，杨振声、朱光潜伯伯们也都不走。家里恢复了以往秩序，没客人时爸爸继续伏案工作。大家等待着必然要来到的某一天。

出乎意外，中和舅舅突然来了。他读清华土木系，随一群同学叫开德胜门路障，说要进城买烟，守军没刁难他们。全家兴奋地听他白话，首先被告知：不叫八路军，现在叫解放军。他们所到的地方，就解放了。爸爸急着打听梁思成一家、金岳霖和许多朋友情况，高兴他们全都平安。我们咧着嘴整天围着中和舅舅，享受那些娓娓动听故事和新奇见闻。

"有个女八路唱了很多歌，"他还是习惯说八路，"那嗓子，从来没听过这么棒的！"

我觉得那女八路应该像以瑛大表姐样子，唱的一定有我学的那支歌。往后就不必没完没了听电台播那些"你你你你你你你你真——美丽"之类讨厌的陈腔滥调，每次听到这种歌，大就皱眉说"黄色的！"我也说"黄色的！"也皱眉。

陆续有人来转告，北大民主广场上贴了好多壁报、标语，是骂爸爸的。大想看个究竟，就去了。我觉得没看头，那里天天有壁报。以前同院周炳琳伯伯关闭北楼，北大贴了一大片声讨他的壁报，周伯伯并没怎么样。

大回来了："挺长的呐，题目叫《斥反动文艺》，说爸爸是粉红还是什么桃红色作家。也骂了别人，不光是爸爸。"

这个糊涂的大，专门去看，既不懂原作者郭沫若的权威性，又忽略了那个权威论断：

> 特别是沈从文，他一直有意识的作为反动派而活动着……

我其实更不明白，心想粉红色总带着点红，大概骂得不算厉害。我从小偏爱粉红色，夜里猫在房顶唱情歌，我说是"粉红哇呜"声音。

> 小虎虎且记得三叔给粉红色可可糖吃。他什么都是粉红色，连老虎也是粉红色。

爸爸可受不了粉红色帽子，对这顶桂冠的分量，他心里一清二楚，又相当糊涂。天天轰然爆裂的炮弹他不大在意，这颗无声的政治炮弹，炸裂的时机真好，把他震得够呛，病了。

后半夜爆炸声震醒了大家，何思源被特务炸伤了。一天后他裹着纱布，消失在通向海甸的路上时，带去傅作义将军一生最重要的选择，也牵动着二百万渴望和平的心。

枪炮声日渐稀疏，终于沉寂。

爸爸心中的频频爆炸，才刚开始，逐渐陷进一种孤立下沉无可攀援的绝望境界。

"清算的时候来了！"

他觉得受到监视，压低声音说话，担心隔墙有耳；觉得有很多人参与，一张巨网正按计划收紧，逼他毁灭。没人能解开缠绕他的这团乱麻，因为大家都看不见。他的变化搞得全家不知所措，我们的"迟钝"又转增爸爸的忧虑。他长时间独坐叹息，或自言自语：

"生命脆弱得很。善良的生命真脆弱……"

"……都是空的！"

走近身，常见悲悯的目光，对着我如看陌生人。忽而，又摸摸我手：

"爸爸非常之爱你们。知道不知道？"

我当然知道，但很不自在，不知该怎样帮助他。

在全国正有几百万人殊死搏斗的时刻，一个游离于两大阵营之外的文人病了，事情实在微不足道，但却给一切关心他的左倾右倾朋友添了麻烦。大家跑来探望，带着围城中难得的食物，说着这样那样宽慰的话，都无济于事。一月末，远在清华大学的程应铨叔叔和梁思成伯伯，大冬天托带了冰淇淋粉和短信给爸爸：

> 从文：听念生谈起近状，我们大家至为惦念。现在我们想请你出来住几天。此间情形非常良好，一切安定。你出来可住老金（岳霖）家里，吃饭当然在我们家。我们切盼你出来，同时可看看此间"空气"，我想此间"空气"，比城内比较安静得多。即问双安。
>
> 思成拜上　廿七日

他去了。当天由罗念生伯伯送去的。

二十九过年，好多朋友来拜年，问长问短。妈妈独自应接，强作笑脸，明显憔悴了。这个年真没劲，我们都想着几十里外，另一个天地的爸爸。

两天后北平"解放"了。人们欣喜地迎看解放军。他们军容整肃，个个容光焕发，和蔼可亲。他们纪律严明廉洁朴素，从此再没有腐败的官僚。大家欢喜他们，我也欢喜。

好朋友的关怀照抚治不好爸爸的病，这时仍然一天天被精神的紊乱缠缚更紧。

> "我"在什么地方？寻觅，也无处可以找到。
>
> 我"意志"是什么？我写的全是要不得的，这是人家说的……
>
> 我终得牺牲。我不向南行，留下在这里，本来即是为孩子在新环境中受教育，自己决心作牺牲的！应当放弃了对一只沉船的希望，将爱给予下一代。

大院的孩子们仍然天天聚集玩闹，现在兴趣集中在学新歌上。我们很快就学会唱"他是人民大救星"，又学会唱"从来就没有什么救世主"等等，每首新歌都叫人振奋，又那么好听。

这天女孩子们商量过，一本正经找我教舞蹈。

"什么？什么？"脸红，"我可不会跳舞！"

"知道你学了'山那边好地方'，别骗人！"

"这是进步嘛！摆什么架子！"

孔德的中学生随后的确又排练了舞蹈，我不过是旁观，那也赖不掉，只好尴尬上场，"进步"了一次。男孩们戳在一边讪笑，主要在笑我，我自己也很难忍住。

回到家，就再也笑不出来。爸爸愁眉不展，常叨念些什么，不可理解，总也不见好。

穿一身粗糙的灰棉军装，大表姐突然降临。我们欢天喜地，妈妈跟她讲了爸爸的事，以瑛表姐一点没嫌弃，对爸爸非常热情体贴。饭桌上，妈妈端出罕见的鸡汤，表姐推让着：

"我们大家伙吃！大家伙吃！"

听！听！说的都是八路的新词。全家竖直耳朵听她讲了好多真实的故事。爸爸看她，露出笑容。她不知道，我们心里是怎样在感激这位共产党姐姐。

新进城的熟人陆续来看望爸爸，有军人也有穿便服的干部。这天又来了个解放军，和大表姐一样热情关切，爸爸还记得，是他的学生，谈得很高兴。这些人给了妈妈证据，去劝慰爸爸：

"你看，人人都是真心对你，盼你病早点好，跟上时代。谁要害你？"

"他们年轻，不是负责的。"

爸爸又回到老样子。

开学了，我们兄弟奔赴学校去接受新事物，集会游行很多，锣鼓声不断。爸爸的病日益加重，陷入更深的孤独纷乱。一些年轻朋友来告别，有的进了革命大学，不久就要随军南下，有的投身崭新工作，意气风发，往后见面机会少了：

"沈二哥你多保重。三姐也得注意身体，你太辛苦了！"

他们都清楚，这个家全靠妈妈支撑着。

我们真盼望那些解放军朋友们常来。他们多少总能让爸爸精神松弛一下，还能给妈妈拿点主意。正好，来了一位戴眼镜的首长，警卫员不离左右，他受到理所当然的尊敬和欢迎。首长果然比青年人有见识，他劝妈妈尽快挣脱家庭束缚，跟上时代参加一项有意义的革命工作。眼下先进一所学校，接受必要的革命教育。真是拨开迷雾，茅塞顿开！妈妈当然愿意，我跟大也高兴，妈妈将要成为穿列宁服的干部，多带劲！可是爸爸怎么办？

几经商讨、求教、争论，事情很快定下来，筹办中的华北大学录取了她。爸爸精神更忧郁，他不乐意，完全在预料中，这叫闹情绪，扯后腿，都是八路带来的新词，准确生动。克服不了这点困难，就永远把妈妈捆住。他要是久病下去，全家怎么办？因此必须坚定勇敢咬紧牙关，实在不行雇请个人料理家务，这是唯一合理的选择……但我们没料到，能看见大网的"疯子"，这时却望见抓纲的人居高临下得意洋洋，那狂乱的头脑，再次依稀想到老友文章里的劝告：不如自杀……

"锵！锵！七锵七！锵！锵！七锵七！停！向后一转！再来。锵……"

全校按体操队列在操场上只能扭八步。今天早操提前半小时,学扭秧歌,这不算难,一早上全学会了。放学后高年级留下再练,单列排成8字队形,可以连续扭了。在中心点交叉而过,真好玩。

"停下!大家掌握胳膊和腿的动作都挺好。现在缺点是脖子还没有秧歌味,这个要领很难说清楚,只有一位同学相当不错,大家再来,注意模仿他。好,开始!"

于是扭动的8字长队,一双双眼睛都追踪着那根自负的脖子。这一天痛快极了。

家门洞开,里边乱糟糟的。窗上一块玻璃碎了,撕破的纱窗裂口朝外翻。只有大在家。

爸爸出事了!

早晨我走后,他就做着解脱的尝试,被大制止了。后来他用几种办法寻求休息,幸好魁伟的中和舅舅来到我家,爸爸没成功。

这惊动了大院的众多邻居。他们中间有的人,在以后岁月里也曾寻求解脱,成功了。

妈妈很晚才从医院回来。过两天她就该去华北大学报到,只好推迟。

在爸爸遇救时，听见他叨念着：

"我是湖南人……我是凤凰人……"

他可能还想说："我是乡下人！"但已糊涂了。

糊涂中看到更多可怕的事，明白人都看不见。他老嚷要回家，躁动，又被制伏……

朋友们去探望安慰，他冲人家说希望有个负责人跟他谈谈，告诉他究竟准备如何处置？这真叫听的人为难。谁要处置他？谁才算负责人？杨刚回去商量，通知他准备派吴晗做这件不讨好的事情。

"可怕极了！你们不能想象。"

他抓紧我手，朝怀里按一按，尽量压低声气。他看见一个戴眼镜的人蒙着口罩，装成医生穿着白褂子，俯身观察他死了没有。看见……

"我认得出来，别人是医生，他不是。"

爸爸看到了收紧大网的一些人，现在正排演着一步步逼他毁灭的戏剧，有人总是居高临下出现在他的幻念里……

迫害感且将终生不易去掉。

当时写下的这句疯话应验了。

爸爸出院后闭门养病。五月,妈妈才进入华北大学。爸爸照习惯,又三天两头跑去北京大学博物馆帮着筹建、布展。

"妈妈离家你想不想?"

"无所谓!"

我作出懂事样子,回答周围穿灰军装学员。王忠叔也穿着过大的军装,在远处扭秧歌,姿态滑稽但特别认真,我不能笑话。

有些认识的人问:"你爸好吗?"

"还好,挺安静的。"

安静就行了。在家里他仍旧长时间独坐叹息,写个不停,然后撕掉。晚上倾听收音机里的音乐,有时泪眼欲滴。一觉睡醒时,常见他仍旧对着哑寂的收音机木然不动。

谁能帮助他呢?指望谁来解开他心上的结呢?我们老早就想到了同一个人,她在大人的记忆里,在我们兄弟朦胧感知的印象里,是那样亲切,没有什么事情不能同她商量、向她倾诉,只有她最了解爸爸,能够开导他。爸爸也信任她，早就盼着见到这位老朋友。

终于，得到了丁玲的口信，原来这么近！

爸爸攥着我手，一路沉默。我明白他的激动和期待。没几步，到了北池子一个铁门，门岗亲切地指着二楼。暖融融的大房间阳光充足，我看见爸爸绽开的笑脸，带一点迟滞病容……

回来我一直纳闷，这相隔十二年的老友重逢，一点不像我想的，只如同被一位相识首长客气地接见。难道爸爸妈妈那些美好的回忆，都是幼稚的错觉？那暖融融大房间里的冷漠气氛，嵌在我记忆里永远无法抹去。

但也还有朋友来访，出席第一次文代会的巴金、李健吾、章靳以几位上海的文学朋友，特意到中老胡同大院看爸爸。关心他的人却不敢询问什么，小心避开令他难过的问题。大热天，一位老革命同乡朱早观伯伯来了，自己扛个大西瓜，还没进门就高声问候，警卫员坐石阶上任我欣赏蓝闪闪的驳克枪，爸爸的笑声夹在豪放大笑中断续传出来……另一位老革命同乡刘祖春叔叔比较斯文，他劝妈妈不能操之过急：

"欲速则不达。他不是革命者，不能拿革命者去要求他，最要紧的是爱护体贴……"

他们是负责的吗？他们能证明那些梦魇并非事实吗？可惜办不到！爸爸真固执。

吴晗来时，他跟人家说愿到磁县去烧瓷，让吴晗很为难……

8月后，他被安排去熟识的午门楼上历史博物馆工作，是爸爸同意去的。

在家里，还是老样子。那年多雨，许多地方被淹。他站在门前轻轻叹息："雨愁人得很。"

我们兄弟就学着用新观点批评："翻身农民不会这样想。"

晚上他还是不断地写，写写又扯烂。收音机同他对面时间最久，音乐成为他主要伴侣，唯有音乐在抚慰他受伤的心，梳理别人难以窥见的既复杂也单纯的情感。无法想象音乐对他生命复苏，起着什么样的作用。

……一和好的音乐对面，我即得完全投降认输。它是唯一用过程来说教，而不是以是非说教的改造人的工程师。一到音乐中我就十分善良，完全和孩子们一样，整个变了。我似乎是从无数回无数种音乐中支持了自己，改造了自己，而又在当前从一个长长乐曲中新生了的。

五

解放这年夏天，我考进了男四中。寒假，爸爸带我去午门上班，在五凤楼东边昏暗大库房里，帮助清理灰扑扑的文物。我的任务是擦去一些不重要东西上的积垢。库房不准生火取暖，黑抹布冻成硬疙瘩，水要从城楼下边端。爸爸跟同事小声讨论着，间或写下几行字。他有时拿大手绢折成三角形，把眼睛以下扎起来挡灰，透过蒙蒙尘雾，我觉得这打扮挺像大盗杰西，就是不够英俊，太文弱。中午我们在端门、阙左门、阙右门进进出出，让太阳晒暖身子。他时时讲些我兴趣不大的历史文物知识。这挺好，爸爸又在做事了，我不扫他兴，由他去说。

"这才是劳动呐！这才叫为人民服务喃。"

他边走边叨念着，说给我听，又像自语。

爸爸这一头扎进尘封的博物馆去，不知要干多少年？那十几二十本准备好好来写的小说，恐怕没指望了。在病中对着收音机独坐时候，他写过许多诗，又随手毁掉。那不过是些呓语狂言吧？也说不定，那是他写作生命熄灭前最后几下爆燃，奇彩异焰瞬息消失，永不再现？

真不明白一切错综变故，怎么会发展到这样严重？爸爸在最不应该病的时候倒下，得的又是最不合适的病。这是全家的心病，沉重得直不起腰，抬不起头。我们母子总想弄清来龙去脉，常一起讨论，冥思苦想，不得要领。我在爸爸更稳定一些时，以及后来的岁月直到八十年代，曾一再找机会直接问他。每次问到那场变故，正常人看不到的种种可怕幻觉，在他心里马上浮现出来，戏剧执导和男女角色时隐时现，继续排演那同一主题的剧目……我怕伤着他，不敢再谈下去。他的病可能从未治好，那张看不见的网我们永远无法揭去。爸爸所有回答，都一再让我想到鲁迅那篇描写狂人的不朽名作……

课堂上讲到第三条路线的文人，有张三李四，瞟我一眼，"还有沈从文"。

沉住气，千万别脸红！我目光低垂，整个脖子脑袋连头皮在内，一个劲不可抑制地发热膨胀，更糟的是我坐头排，人人都能看清这张不争气的红脸。

老师明白我狼狈，课下表示关切：

"你父亲近来好吗？"

哎呀！你不问还好点，同学都围过来了。

"挺好！正在革大学习。"

我故作轻松，但老师无意地勾起了同学的好奇心：

"你爸是辞职还是给北大解聘的？"

辞职是没有的事，可我说不清怎么就离开了北大，还没想出词，向来熟悉文坛的一位同学抢着说：

"是解聘的。"

真窝囊死了！

革命大学在颐和园附近。安排爸爸学习，是爱护和关怀，他的确应该认真学习，彻底改造思想，才能跟上形势。他被动地接受，这就很说明问题，我们得耐心帮助他。

爸爸学得别别扭扭，不合潮流。他不喜欢开会听报告，不喜欢发言和听别人发言，讲政治术语永远不准确，革命歌曲一个也不会唱，休息时不跟大家伙打成一片，连扑克牌都不肯玩，总是钻进伙房，跟几个一声不吭的老炊事员闷坐，还把我一只好看的狮子猫抱给他们。

"爸，你不参加扭秧歌，同志们一定会批评你。要不趁着星期天我在家教你行吗？"

"我不扭。我给他们打鼓。"

这真稀奇！我也是司鼓，比扭的那些人神气，怎么不知道爸爸会打鼓？我马上找来一面小扁鼓，把鼓槌塞过去。

"要考考我？好!"

鼓很差劲，他试试音，半闭起眼睛，开始了。

好像是蹄声，细碎零落，由远渐近，时而又折转方向远去。我以为它会逐渐发展，成为千军万马壮烈拼杀的战场。

没有，他不这样打。轻柔的鼓点飘忽起伏，像在数说什么，随意变幻的节奏，如一条清溪，偶尔泼溅起水花，但不失流畅妩媚品性。他陷入自我陶醉。

我听过京戏班子、军乐队、和尚们以及耍猴人打鼓，熟悉腰鼓和秧歌锣鼓点，那都是热热闹闹的，从没听过这种温柔的打法。

"爸，你的确会打鼓。可你的调子与众不同。秧歌要用固定的锣鼓节奏，才能把大家指挥好，扭得整齐一致。你这么自由变化，人家一定不允许。"

"休息时候我才打一会。他们承认我会打鼓。"

好不容易有一天，在自由命题作文上，我能心安理得写出这样的开头："爸爸同志……"

他从革命大学回博物馆半年多，又被组织去四川参加土改，接受阶级斗争教育。这篇作文就是给四川一封信的翻版，有机会在学校重写一遍，我得到点情绪补偿。

爸爸同志不断写来很长的信，描写见闻感受。令人惊讶，怎能写得那么快？他设想，用这些信作线索，将来可写一本《川行散记》。

有过这种事，那是抗战前写《湘行散记》办法。现在可不好说，他这些家信跟《暴风骤雨》味道不一样，写文章不是打鼓，打完就拉倒，可别辛辛苦苦写出个《武训传》第二，招来批判。他还写信给丁玲，希望提前回来写东西。放弃阶级斗争的洗礼，这多不好。我们得劝他坚持到底，现在还是老老实实跟别人一样接受教育吧……这些胡思乱想，我当然没往作文里写。

好景难长，课上讲鲁迅战斗精神，他勇敢地怒斥张三李四……可能又要听见"那话儿"了，我不禁头皮发麻。果然！鲁同志还勇敢地怒斥过爸爸同志。

孙悟空很值得羡慕，他可以向唐僧求饶，沙和尚会帮他说情，师傅念紧箍咒时，他可以翻斤斗竖蜻蜓，可以威胁八戒……我却不能，连把头低一低都怕吸引更多的注意。

这年寒假，爸爸同志的家属再也赖不下去了，我们只好告别中老胡同大院，在交道口大头条胡同租私房住下。他从四川疲惫不堪拖着行李归来时，站在院门询问沈从文在不在里边住？

这小院住着不多几户，邻居家净是女孩，几张嘴一天到晚说笑不停，使我觉得很冷清。大在极远的地方读高中，活动特多，很晚回来，同我作伴机会少，于是我每天先在学校玩够了再回家。家里只有爸爸一人，总是伏案在写他的文物材料，我回来他才转过身，同我谈点什么，也乘机休息一下。

"爸，我跟同学从操场翻墙到法国茔地，老坟埋的净是侵略中国的死鬼，都解放了，干吗不把它们刨了？最新的坟埋的是何思源小女儿，特务炸死的，和平之花，有个浮雕像，我猜她妈妈是……"

爸爸不知什么时候，已沉回自己的工作，单上半身扭回书桌方向继续写下去，经我提醒才笑笑，放弃这种别扭的姿势。

只有星期日好，妈妈从圆明园回来，这儿才热闹一阵，像个家样。她回来没一刻闲空，忙着整理三个男人弄乱的家，安排下周生活。

"小弟你看，爸爸这种思想情绪不对头。"

她指着爸爸一张没写完的信，正在清理书桌，指的是"门可罗雀"四个字。

其实若没有女孩们叽叽喳喳，我真可以扣几回麻雀玩玩。从爸爸进革大之前，来访的朋友就一天天稀少了。搬到这儿以后，离老朋友远，来往机会更少了。但怎么可以发牢骚呢？归根结底，是他自己落在时代的后边，我们得帮助他赶上去。但是谈何容易？我自己还进步很慢，哪有那个水平呢？

妈妈教中学，当班主任，星期日下午就匆匆往圆明园赶，路上要两个多小时。这晚上，家里更觉冷清。在寂寞的家里，唯有思想落后的爸爸，跟我待一块的时间长。明年，大就要读大学了，他去住校，我更寂寞……

六

老师在出了考场的学生包围下说出正确答案，张嘴聆听的面孔，即刻变化成不同表情。笑声突起，有人把世界最长的河，答成"静静的顿河"；一个同学埋怨另一个是大舌头，传消息口齿不清，害得他把获斯大林文学奖金的作品，错答成《太阳照着三个和尚》。这里正在进行中等专科学校招生统考。北京的中专学校吸引力相当强，连外省学生也有不少跑来试一试。

我第一志愿投考竞争最激烈的重工业学校。生怕考不上，心里老在打鼓，同时我又满意自己的重要抉择。

我迷恋机器，热衷于亲手做个什么会动的东西，大约从六岁开的头。初中三年尽管看了许多闲书，我偏没读过《绿魇》，不然这会儿就能振振有词，用爸爸的预见去说服他自己。当年他这样描写过我们兄弟：

> ……今夜里却把那年轻朋友和他们共同作成的木车子，玩得非常专心，既不想听故事，也不愿上床睡觉。我不仅发现了孩子们的将来，也仿佛看出了这个国家的将来。传奇故事在年轻生命中已行将失去意义，代替而来的必然是完全实际的事业，这种实际不仅能缚住他们的幻想，还可能引起他们分外的神往倾心！

爸爸先给我取了个勇猛名字，后来又希望我"从文"。十岁时，我曾把记忆中的"昌黎号"，用正投影规则，敬绘出主视图和俯视图，他又大加赞赏和鼓励。今天我当真要去搞机器，爸爸却不乐意了。但是他表现得柔和、讲理。

"弟弟，你还是多读几年书吧！妈妈同我都可以帮到你，把文章写好起。"

"我搞不了文！你跟老师都说我的作文有八股味。"

"有点也可以，多写写，懂得好坏，我就不叫你沈八股了。"

"我喜欢机器，这也挺好嘛！再说……"

再说，就得离文学远点，做个不经心的读者多好！我只是不想刺痛爸爸。

过两天他又找我谈：

"弟弟，学机器也很好。家里有条件供你读大学，大学也可以搞机器。我们希望你至少能读完清华。"

"我要现在就学，四年毕业，还赶得上为第一个五年计划出两年力。"

"你还小呐，不必忙着找事情做。"

"都十五了！你十四岁当兵比我还小。"

唉！这个爸爸是怎么啦？干吗那么上心？我又不是到朝鲜去西藏，现在还不够格。我只是想跟这个家拉开点距离，越早越好！我没能耐帮助爸爸跟上时代，他却无形中影响了我的进步。跟他裹在一块，"那话儿"总叫我矮人半截，像蔫赤包似的，谁捏一下都没辙。我选中了唯一实行供给制的学校，念书吃穿都由国家负担。我要去住校，去工作，成天生活在集体里，别人才会拿我当一个独立的人，而不是受着这样一个爸爸的供养。可惜他不能明白！

统考以后，他还不放弃希望，总想劝我再去考一次高中：

"弟弟，不读大学，我觉得很可惜，你又不是功课赶不上。"

"你也没读过大学，中学也没读过。爸，有用的人不一定都念过大学。"

"可是我非常之羡慕能进大学的人。当时实在不得已，程度太低，吃饭都成问题，没有机会喃。你没有这些障碍，放弃读大学机会，可惜了……"

爸爸耐心做思想工作，一点也打不动我。他自己教了二十年大学，一阵"那话儿"就不明不白给轰得闹不清"谁是我？""我在什么地方？"他曾在辅仁大学兼一点课，离开北京大学以后，算是留在大学里半条腿，这会儿正朝外拔。他尽管没资格犯贪污、浪费、官僚主义之罪，还必须"应师生要求"到辅仁去补"三反"运动的课。因为人家搞三反时候，他正在接受土改和五反运动的锻炼。所谓补课，无非是做政治思想检查，再听些和三反毫不相干的"那话儿"。去辅仁作思想检查，我想大概是爸爸最后一次爬上大学讲台了。

他正在离开的那种地方，我不进去有什么可惜？那种地方大概用不着我做错事，也并非专为惩罚我，不定什么时候，张口能念"那话儿"的人多着呢！仿佛喝水、呼吸一样，是自然需要，是适应环境的一种本能，我巴不得躲开这种环境远远的呢！

……

电车铃声清亮悦耳。

"爸，都到小经厂了，你坐车回去吧！"

他不肯，"再走走，同你再走走"。

只好继续推着自行车走下去。

他从来对谁都不远送，这会儿怎么啦？去我的新学校才六站距离，比男四中还近，再说周末就能回家……

不过，我已记不起有多少年没一块散步了，走走也好。

他三天两头劝阻，全都是旧意识的反映。从录取那天起，爸爸一直沉默寡言，我猜他还在为我惋惜，可从来不说半句泄气的话，连叹气都没叫我听见一声。

鼓楼檐角外小燕穿来穿去。前年楼顶兽头嘴里冒烟，消防队爬上去，听说是蚊群。大概小燕在吃这种蚊子吧？它们多自在！

鼓楼斜对街铁匠铺里火星飞溅，大锤闷响和掌钳师傅榔头的脆声交替应答，新学校大概也要学打铁？我对那几个汗流浃背的师徒，产生一种亲切感。

"爸，都走出三站路了，星期六我一定回来，你快上电车吧！"

他不走，把我领进一家冷食店，要两瓶汽水。冷冻机轻轻敲击声叫人舒坦，凝一层厚霜的管子飘着冷雾，看上去挺凉快，弥漫着淡淡的阿摩尼亚气味并不讨厌，我噙着蜡纸管，爸爸走向柜台，弄来一个小圆面包。

"吃过晚饭了，爸，不饿。"

"你吃得下，就一个。"

面包很小很新鲜，盘一圈螺旋形黄丝，他把喝了一点的汽水瓶推过来。

还不肯回去。进了弯弯曲曲的烟袋斜街。窄街上，车后行李有点碍事，我推车让来让去。这包袱太大了，好像我出远门，被塞进许多夏天用不着的东西。

他在一家棉花店前驻足，观看门楼上那些雕饰。

"清朝留下的老铺子，以前很讲究呢。"

指给我看悬吊着的老式店招，脏兮兮的大棉球扁扁的像南瓜。

"这种老店越来越少了，都毁掉了。以后只能从画上看到。"

银锭桥把着斜街西南口，桥头有鲜枣卖，他把手绢摊开来。

"别买了，爸，同学要笑话。"

爸爸像没听见。"尝了，很甜，只有半斤。"

扎上手绢，我说没法拿。他不懂自行车装载学，果然想不出该把它挂在哪，又去解开疙瘩。

消化机！消化机……

消化机早已懂得克制了。我忸怩着，被装满裤兜。他俯身捡拾滚落的几个。

"爸！我顺这后海北河沿很快就到学校，听说那是摄政王府。你到家没准天都黑了。"

"我知道，那也是溥仪的家，听说花园非常好。坐车子小心点。"

我跨上车滑开，桥上剩下爸爸一人。他总是管骑车叫坐车。

七

这孩子终于走在自己选择的路上了。沿岸一段缓坡，车子轻松地加快。背后大包袱坠得车把有点飘，一定要稳住，别让桥上那人看见它晃来晃去。

太阳快要沉落微带金红，越展越宽的水面闪闪烁烁，对这孩子眨眼微笑。谁说北京的云霞赶不上云南？前边这片天空正张开最美的一幕。小燕比不上这孩子，它们只懂得爹妈教的飞法，体会不到挣脱羁绊的轻快欢畅。

银锭桥上据说是燕京八景还是十景的一个去处，闹不清朝哪方看才算真正内行。那个留在桥上的人，依然朝着一株株柳树间隔里，望那远去的孩子，孩子全身都能感觉到这件事。那个人想些什么？却不知道！孩子顾不上琢磨这些，心满意足朝一片红光的方向奔去。他将在一座漂亮的王府大花园里，"在新环境中"受到最好教育，获取那些令他心往神驰的本领。他将挥汗如雨，亲手塑造一些无机生命。一个善良单纯女孩，将伴他携手同行。这孩子会不断进步，逐渐提高政治觉悟，也接受应得的一分愚昧。沿后海这条土路总是向左拐，又向左拐，在彼岸终于折到相反方向。这条路本没修好，有平坦硬实地段，也有坑坑洼洼泥泞，绕它一圈，是条长长的路程。

有一天，孩子走过了这条长路，从另一个方向来到桥头，想听听银锭桥的传奇故事。桥上空空荡荡，一无所有，那个人早已离去。

1988 年 9 ~ 11 月，病中

2010 年 5 月重校改

母亲闺蜜郑秀与曹禺的恩怨往事

杨　乡

在清华大学曹禺与郑秀已经开始谈恋爱了……郑秀肤色较差，眼睛很大，只可惜鼻子过于高了，大了，清华的男同学们给她起了个绰号叫"象娘娘"。不知道曹禺怎么会爱上郑秀的？可反过来看，郑秀是个很自负的人，又好排场，她一向喜欢外表漂亮的、身材高大的、西装革履的时髦青年，怎么会爱上一个身材矮小、穿件蓝布大褂有点寒酸、无钱无势的曹禺呢？对于他们的相爱，同学们都觉得不可思议。

"六十年的朋友不容易呀！"躺在北京协和医院病床上的曹禺深情地注视着我的父亲杨村彬和母亲王元美。曹禺因肾功能问题住院多年，父亲和母亲每次去北京总要去医院探望他，他常常说这句话。我母亲与曹禺认识六十年了，和郑秀认识更是六十多年了，他们都是我父母的好朋友，郑秀是曹禺的原配夫人，他们有两个女儿，解放初他俩就离婚了，他们之间又是怎样的一段姻缘呢？

女中高才生郑秀

1927 年，我母亲在北平灯市口的贝满女中读初中就认识了郑秀，都是十几岁的小姑娘，她们被分配住在学校二楼的同一间宿舍，同屋还有个女生，郑秀是三个人里年龄最大的，她很严肃，像是这间宿舍的室长，她分派大家轮流值日，收拾房间，可她要求很高，总嫌别人做得不好。当初我母亲与郑秀关系并不融洽。郑秀在班上是有名的书虫，用功至极；而我母亲爱玩，各种球类都喜欢，课间休息都要去练投篮，还喜爱文娱活动，跳舞、演戏等等，两个人的兴趣完全背道而驰。她们两人又是怎么会发展成为好朋友的呢？读高中时郑秀已经不与我母亲住同一间寝室了，一次在大考前，郑秀忽然问我母亲："你功课都温习好了吗？"我母亲说："有的还没看过一遍呢。"郑秀就约她当晚一同去开夜车。母亲很犹豫，但也有些好奇，想不出熄灯后她能到什么地方去开夜车？郑秀像大姐姐似的很自信，带着命令的口吻说："晚自习后，你跟着我一块去！"那晚母亲跟着去了，原来在学校后院的几间小琴房里，外面黑黢黢的，里面已经有人在温习功课了，她们用布挡着窗户，包着灯泡，坐在里面看书很安静，母亲开始感到郑秀自信得很可爱，对她的印象有所改变。中学毕业我母亲被保送燕京大学，而郑秀考取了清华大学，当时清华大学刚开始招女生，全校女生很少，贝满有三位考上清华，除郑秀外，还有石淑宜、贺恩慈。

曹禺当导演

1932 年，我母亲 17 岁就进入燕京大学主修国文，仍喜欢搞戏，创办了话剧研究社，与刁光覃、夏淳一起演出了田汉的《南归》；系主任郑振铎老师邀请了北昆的韩世昌、白云生等老艺人来校演昆曲，母亲又创办昆弋研究社。话剧研究社筹备演出多幕剧《晚宴》，有同学到清华大学找导演，就把曹禺请过来了。曹禺矮矮的小个子，圆圆的脸，戴副眼镜，眼睛特别大而且明亮，穿件蓝布大褂，大襟上别一支钢笔，围一条羊毛围巾，是典型的北平学生模样，他的外貌很不起眼。一见面曹禺就问打算用多少时间排《晚宴》。当得知排一个月，他就很果断地说："不行！这么个多幕大戏，一个月排不出来的。"我母亲当时只是爱好，其实不懂话剧艺术，感到他也太严肃了。曹禺说一个月顶多排一个独幕剧，他就推荐了《忼俪》，是他从英文独幕剧《Whose money》翻译的，他说这是个喜剧，很有趣，保证三分钟有一个笑料。母亲他们就只得同意换戏，但是不明白曹禺怎么有这么大的派头。第二天，曹禺带了另一位同学来，介绍说："这位是孙浩然同学，专门搞舞美设计的，他把舞美设计草图带来了。"曹禺解释说，舞台上只搭房间的一角，一个三角形，一边有门，一边有窗子，一只保险箱，一把椅子，这样很简单的三角形也显得热闹一些。戏里只有三个角色：一位怕老婆的老爷、一位太太，还有个小偷。让我母亲演太太，母亲很不愿意演这个角色，因为当时女学生都怕演结了婚的女人。曹禺规定每天都要排戏，他天天骑自行车到燕京，准时而认真，这是母亲生平第一次这样认真地排戏。排戏时曹禺喜欢示范表演，他在南开大学读书时就演戏，而且总演女角，因当时女生都不肯演戏。他演过《玩偶之家》的女主角娜拉，又弹琴又跳舞，轰动一时。曹禺排戏时很认真，我母亲总觉得好笑，曹禺就说："你别笑，台上演员笑了，台下观众就不笑了。"母亲平时就是个爱笑的人，就问："如果要想笑怎么办？"曹禺说："你就咬嘴唇，实在忍不住，只好背过脸去。你不要老想你是王元美，要想你有个不争气的丈夫，爱赌博，输了来偷自己家的钱……"可那时母亲根本不理解演戏是神圣的，更没想到戏剧会成为她终身事业。那次演出获得成功，赢得满堂喝彩和笑声。母亲与曹禺从此成为朋友，曹禺还送给母亲一本新写作的剧本《雷雨》，母亲一直没有翻阅，还是我舅舅王元化发现了很快读完，认为写得太好了。这个剧本最初在国内没引起注意，后来日本发现了，首先上演获得巨大成功，国内才开始注意，成为全国上演的名剧。

在清华大学读研究生时，曹禺曾去参加留学美国学戏剧的考试，当时只有两个学生应考，另一个就是张骏祥。那时曹禺已经是有名气的人了，可是他这次没有考取，张骏祥考取了，令人惊讶。据说张骏祥英文好，又喜爱舞美设计，对舞美设计的专业名词都知道，如：翼幕、角灯等。那时耶鲁大学是招一名舞美设计学生，而曹禺却是擅长戏剧文学，所以没有录取。在清华大学曹禺与郑秀已经开始谈恋爱了，郑秀常常带着曹禺到我母亲家玩，曹禺是湖北同乡，对我外婆煨的藕汤很欣赏，合胃口，母亲每次回校总要给郑秀带点菜去。郑秀肤色较差，眼睛很大，只可惜鼻子过于高了，大了，清华的男同学们给她起了个绰号叫"象娘娘"。不知道曹禺怎么会爱上郑秀的？可反过来看，郑秀是个很自负的人，又好排场，她一向喜欢外表漂亮的、身材高大的、西装革履的时髦青年，怎么会爱上一个身材矮小、穿件蓝布大褂有点寒酸、无钱无势的曹禺呢？对于他们的相爱，同学们都觉得不可思议。

在江安婚姻亮红灯

全面抗战爆发，我母亲逃难到四川，与我父亲结婚后一起到江安，在由余上沅担任校长的国立戏剧专科学校教书，在这里又遇见曹禺和郑秀，他们已经结婚，曹禺是剧专的教务长，郑秀成了教务长夫人了。

江安是长江上游的一座小城，为躲避昼夜轰炸的日本飞机，国立剧专只得搬到这里。我父母新婚不久，在这小地方生活很新鲜，时常与学生和教师一起外出爬山，在家里做游戏，倒也很快乐。一起玩的教师有张定和、吴祖光、张骏祥、沙梅、吴晓邦等，他们大多是单身，有的结了婚，老婆不在身边。曹禺也常参加师生的活动，当时曹禺的《雷雨》已在全国公演，他已经是很有名气的人了，可他还是那么朴实，冬天穿件灰色旧棉袍，两手喜欢拢在胸前。他喜欢用手去捏耳旁长的小肉瘤，大家开玩笑说那是他的"智慧瘤"。他每次走了，必定再敲门回来，说是帽子忘了，回来拿帽子的。原来他总是把帽子放在他坐的椅子上，被他自己坐瘪了，走的时候就忘了拿，时间久了，大家就拿着帽子追出去，引起一阵笑声。

曹禺的编剧课很精彩，同学们都很喜欢听他的课，他声音甜美，又很会表达，我母亲虽然是教师（教中国文学和英文），也曾去听他讲课。她记得曹禺说：一个作品必须要深远，能传下去，而他自己的作品是硬挤出来的，不是像泉水那样自然而然地流出来的。他说他正在追求"深远（Magnitude），吸引力（Attraction）……"曹禺在导演《伉俪》时曾说这戏像一杯浓酒，容易让人爱喝，很有味道，而不是一杯清醇的酒，能够使人永远记着它的味道。他的成名作品《日出》《雷雨》都只是浓酒，虽然大后方和解放区都在公演，可他仍不满足已有的成就，还在追求更好的戏剧，永远不停地在追求和探索。

曹禺在剧专有很多奇怪而有趣的故事：一次他上课时觉得背上痒痒的，不断用手去抓，有时还抖抖身子，站立不安，大家不懂他今天怎么啦？只见他越来越不安，他索性背过身去把领子解开，"啪"的一声，一只老鼠从他领子里跳出来，同学们禁不住笑起来，他棉袍里怎么会躲进一只老鼠？

抗战时期，由于学生们与家庭断了音信，没有经济来源，学生生活很艰苦，经常忍饥挨饿，学校就发起了"凭物看戏"活动，由老师和学生拼凑演京剧，观众只需交点吃的（一些菜、一块肉、一只鸡、几个萝卜等）就可以看戏。节目中原定有曹禺与我母亲合演京剧《打渔杀家》，他们在学校大门牌楼下排戏，曹禺嗓音非常高亢，开始唱得还很有韵味，真没想到完全是余叔岩派的，可他只唱了三句就忘了词，旁边有人提词，他却无论如何背不下来，他说记性不好，记不住词，就不肯唱了，结果只好作罢，大家都可惜了他那甜美有韵味的嗓音，如能演出肯定大受欢迎。那时江安这个边远小城并不平静，发生了壮丁遭到虐待甚至被活埋、引起家属反抗的暴乱事件；而校内也不平静，国民党当局委派的校总务主任、训导主任等和特务学生在校内监督进步学生，风声紧时，进步学生只得离校逃跑。一天下课后，我父母正要回家，突然看见反动便衣追打学生，有几个是比较出色的好学生，父亲就叫起来："青天白日不许打人！"曹禺正好回家路过也看见了，也喊起来，最后学生还是被那些便衣带走了，曹禺拉着我父亲说："这叫什么世界呀！大白天就在大街上抓人，还有王法没有？"他们一起回到曹禺家中抱头痛哭，"这是什么世道啊！"从此他们的友谊又进了一步。

然而在这段时间，我母亲与郑秀很少交往，母亲每天忙着上课，难得见到郑秀。一次在同事家吃饭，遇见郑秀，她已变成一位太太了，老同学见面没谈什么，吃完饭他们准备打麻将牌，母亲就回家了。那时郑秀沉迷于麻将，整天昏天黑地坐在牌桌边。据余师母说：一天郑秀在她家打牌正玩得起劲，忽然郑秀家的保姆匆匆跑来说："太太不好了，黛黛（郑秀与曹禺的大女儿）从石头台阶上跌下去了，头打破了，直流血！快回去看看吧！"哪知郑秀却说："等一等，等我这副牌打完了就回去。"我母亲不敢相信，这是余师母故意臭郑秀编的，还是郑秀真变得这样爱牌如命？我父母与曹禺接触多了，而与郑秀疏远了。

曹禺每天早上只啃两口馒头就去上课了，而郑秀通常起床很晚，到中午 11 点了才起床，坐在桌旁吃早饭，桌上有四碟小菜，皮蛋、炸花生米、酱豆腐、凉拌黄瓜之类下稀饭，还有一大盘油条，这些在当时抗战时期的江安是很讲究的早点。而等曹禺下课回家，郑秀早已去打牌了，根本不顾及曹禺的饮食。他们夫妇之间闹了不少笑话，一次郑秀向我母亲诉苦说："你看曹禺这人不爱干净，晚上不洗脚，让他洗，他每次都很快地洗一下，好像他洗脚是为了敷衍我，可笑吧？""一次我对他说，你别敷衍了，这么快就洗好了？你猜怎么着？那天晚上他上楼去洗脚，我在楼下等了一个小时不见他下来，只听见楼上的水声，我很奇怪就上楼去看看，真把我气坏了，他连袜子鞋都没有脱，端端正正坐在脚盆旁，一只手在盆子里划水，另一只手却捧着本书看得正起劲。你说气不气人？这家伙在骗我，真叫人啼笑皆非！"那时小城里，尤其是学校里传遍了曹禺和郑秀不和的消息，我母亲感到他们夫妇之间出现危机了。

一天晚饭后，曹禺迷迷糊糊走到我们家说："今天在长江边散步，发现江里的水真美啊！柔和的浪花，有节奏地拍打着堤岸，那浪花，不停滚动的浪花，多温柔多安稳！我真想跳下去，捉住那浪花。"父母听了吓一跳，忙说："你可不能跳下去啊！"可曹禺还是那样心不在焉地无所谓地笑着。有次郑秀回重庆娘家去了，只剩曹禺一个人在家，他正在写剧本，大家不愿打扰他，就很久没有去看他。过了一阵，张骏祥、吴祖光提议去看他一回，看他写得怎么样了，我父母就与他们约好，四个人晚上去曹禺家。当他们轻轻地推开房门，只见房间里乱极了，到处都是纸和书、稿子等，沙发上、地上、桌上到处都是，与郑秀在家时的整洁干净成了鲜明对比，曹禺坐在灯下，捏着他耳上的智慧肉瘤正在沉思。四个人在他身后沉着气，一声不响站了好一会儿，他竟没有发现，大家互相看看，会意地笑了，他还是一无所知，最后大家忍不住笑出声来，他才吓了一大跳，回转身来两眼瞪着四人，恍恍惚惚不知道是怎么一回事，直发怔！直到大家一起叫"万Sir！"他才回到现实，好像才认出来客。"啊！你们来了！请坐！请坐！"他一看，沙发上、椅子上都堆满了东西，忙过去收拾，有点难为情地笑笑："唉！太乱了，郑秀不在家，我马马虎虎。反正，我随便，来坐下！"虽然有些歉意，但人们感到此时他像获得了自由，可以干自己想干的事情了。

那时曹禺正在写《蜕变》，剧中丁大夫的儿子，一个天真无邪的孩子丁聪，就是以我表舅桂继鹏为原型。那段时间曹禺和吴祖光、张定和常到我家聊天，桂继鹏只有十五六岁，由于他有外国血统，长得很帅，活泼可爱，充满朝气，常常引起一片欢笑，他们都愿意与他一起玩，给他起了个外号"洋人打哈哈"。曹禺总是随身带个小本子，遇见什么随时记下来，他脑子里只有戏，可郑秀却常常把他从戏剧美梦中惊醒。

郑秀和曹禺二人的感情破裂终于发展到了高潮。一天，郑秀忽然跑到我家里，我母亲很惊讶，因为她从不上我家来的，她一进门母亲就感到不对劲。她难过地说："元美，你知道家宝……"说不下去就哭了。母亲忙问："怎么了？"郑秀说："他变了。"母亲劝她："别难过，慢慢说。""我在他衣服里发现一封信。"说着又哭了。"信？谁给他的？""就是那个邓宛生的姐姐邓译生！""邓译生？没听说过。""那个生肺病的，到江安来养病。""怎么会？你常常出去打牌，他晚上常常到我家来聊聊、坐坐，你别多心！""不，他们不是一般的朋友呀！你知道她的信多肉麻！……唉！"她说着又哭起来了。母亲说："别难过，不是我埋怨你，你也太那个了，你想你每天很晚起床，他早已上学校去了，他从学校回来，你已经出去打牌了，你俩就像太阳和月亮，总碰不到面，他的饮食起居你一概不闻不问。"郑秀说："元美，我不打牌了，你们周末出去玩，我跟你们一起去，到时候你来叫我。"母亲答应她了，很高兴她终于清醒过来了。

到了周末，一个晴朗的好天气，我父母与曹禺、吴祖光、张定和、张家二姐张允和约好一同到红佛寺去野餐。母亲一清早忙跑到郑秀家找她，她还没起床，蓬松着头发，披着衣服，一双拖鞋，两只眼睛肿肿的，一看就是昨晚打过牌的。母亲想，你不是说不打牌的吗？"快！我们要出发了！"郑秀讪讪地说："我，今天我去不了……对不起！我今天有饭局……""那也不要紧，你跟我们去玩，早点回家，不要跟我们吃野餐了。"郑秀仍吞吞吐吐地："我答应他们10点钟准去的……""怎么又要去打牌了？"郑秀不好意思地说："上个星期我请了我的房东，她今天回请……我不好不去呀！元美，真对不起你！我下次一定跟你们一起去玩。老同学，面子事，别见怪，我下星期一定跟你们一起去！""不是对不起我，而是你自己要好好考虑考虑……"母亲只得快快地走了。到了下周母亲又一清早去约郑秀，她又讷讷地说："对不起，今天王太太生日，上次我生日她一早就来拜生，没办法，不能不去应酬！……下星期你再来叫我，我一定……"母亲很生气，从此母亲真对她失望了。

忽然一天郑秀又找我母亲："元美，家宝他……""怎么了？""昨天，昨天我在他衣服口袋里又发现一封信……"她忍不住哭了。"谁？""还有谁？邓译生。今天看太阳好，晒被子闻到家宝的气味……他们已经到了什么程度了……"她又哭起来。母亲感到事态发展到了这一步就很难挽回了。可郑秀说："不行，我不能让给这个女人……听说她还画画作诗，自以为是林黛玉！家宝不要传染了肺病，再传染给孩子可不得了！……"她从痛苦中又想到现实。郑秀与曹禺的不和已经在小城里传开了，母亲想找机会劝劝曹禺，可曹禺很痛苦地说："过去我们天天吵，吵得很厉害……可现在我们已经吵不起来了！"母亲感到很难挽回了，都已经冷静下来了，不是意气用事了。就这样，曹禺和郑秀在表面上还维持了几年，事实上他们早已分居，曹禺已与邓译生公开同居了，他要求与郑秀离婚。朋友们也认为无法挽回了，可郑秀没有死心，不愿意离婚，这时候她才感到自己是深爱曹禺的，但也无可奈何！

抗战时期许多进步影剧人士、众多明星都纷纷逃难到重庆（战时陪都），由于没有胶片，不能拍电影，转而演舞台剧，明星的参与号召力很大，话剧演出是当时重庆最重要的文艺形式，深受观众欢迎，形成我国话剧的鼎盛时期。在国立剧专曹禺、张骏祥和我父亲成了好朋友，相约一同到重庆多演出一些戏，曹禺的《日出》《雷雨》《北京人》等都成了脍炙人口的热门剧目，被各个剧团争相演出。尤其是当时曹禺刚完成的《北京人》由张骏祥导演，张瑞芳、江村等扮演，获得成功。这个剧本描写了封建社会的崩溃，充满对生活在封建社会中的人们的同情和对大家庭封建制度的抨击。这是曹禺从生活感受积累而来的，他一直在观察生活积累生活，他曾透露思懿有余师母和郑秀的影子，曾霆则有方官德和桂继鹏的影子，江泰是当时说空话爱发牢骚的文化人代表，女主角愫芳是以曹禺当时热恋的邓译生为蓝本，男主角大少爷文清是个文弱书生，是曹禺自己的化身，正如他当时自己的情况，感情很充沛。曹禺抓住了几个典型人物，深入刻画了那个时代的一个旧家庭，所以这个戏很生动吸引人，是他创作的最好的剧本。

不久曹禺又改编了老朋友巴金的《家》，他独具匠心地把长篇小说浓缩成四个小时的戏剧，选取了小说中最可爱的瑞珏为中心人物，描写了中国妇女悲惨的一生，大家都看好这个剧本。当时金山和张瑞芳等新成立了新中华剧艺社，要拿《家》打头炮，曹禺就把剧本给了他们。首场演出时，我父母与曹禺一同去观看，曹禺对张瑞芳饰演的瑞珏很赞赏，但对金山饰演的觉新很不满意，金山身体较壮实，曹禺看戏时轻轻地对我父亲说："他哪像书香门第的诗人！"演出很成功，轰动山城。但是，后来有一天，曹禺对我父母说，千万别改编你好朋友的作品，你不仅费力而且会失去一个好朋友。言外之意，他认为朋友之间在艺术上的合作很不简单，即使是好朋友也很难在艺术上有共同语言。

曹禺观摩了我父亲编导的话剧《清宫外史》第一次彩排，高兴得跳起来，拥抱着饰演光绪皇帝的项堃直说："好极了！"曹禺就是这么感情奔放、溢于言表的人。曹禺还很会演戏，他在重庆曾出演过《安魂曲》中的莫扎特，张瑞芳担任女主角，轰动了山城。莫扎特身材矮小，曹禺也不高，他们都是天才艺术家，配上曹禺明亮的眼睛，化妆以后特别有神，扮演莫扎特非常合适。开幕时张瑞芳坐在屋里梳妆，曹禺手捧鲜花来看情人，他出场先行了一个西洋鞠躬礼，一声："早啊！早啊！早上好呀！"声音清脆甜美至极，声振屋瓦，他善于表情的形体吸引住了全场观众，赢得了满堂喝彩。曹禺不仅是个剧作家和导演，还是个好演员，他是一位戏剧全才。

解放后他们离婚了

1945年抗战胜利，日本投降了，郑秀带着女儿回到北京，我父母回到上海与亲人团聚。两个家庭就各自分开了，但断断续续仍然联系。

解放初，曹禺仍然与邓译生同居，听说北京妇联的大姐们很为郑秀抱不平，曾组织了一大卡车的妇女去找曹禺，劝他不要与郑秀离婚，应该与邓译生分开，曹禺无论如何不同意。曹禺平日和蔼可亲，对人很客气，从不得罪人，我母亲与他认识几十年，从未见他发脾气，斥责人，总是笑眯眯的。他是名人，又是学生们爱戴的老师，可他很谦虚，学生们去看望他，他总要送到大门外，对任何人都是那么温和、可亲。妇联调解不成，郑秀只得成全他，同意离婚，曹禺与邓译生正式结婚。

郑秀大学毕业后一直做曹禺夫人，当太太，不工作，离婚后反而工作了。她成为一位中学老师，在北京灯市口中学（*原母校贝满女中*）教书，她衣着朴素了，沉着了，变得精神了。她带着两个女儿黛黛和昭昭住在北京东城区东石槽胡同祖上留下的一所小四合院里，请了个保姆照顾生活。1953年我母亲去北京参加创作会议又见到郑秀，她一定要请母亲到家里吃饭，桌上依然先摆着四个冷盘，有甜点心、银耳羹、福建红糟鸡等保留节目。母亲不敢提起曹禺，怕她伤心，可她自己反而提起，她谈到邓译生："她也生了两个女儿，一直没有工作，整天捧着药罐子，这是家宝自找的，他就是这个命。""他一直没有写出什么作品来，听说他看见许多人都下乡下厂改造自己，他也带着一家老小还有保姆到佛子岭去体验生活，也没有写出作品来。他和我结婚以后却写出了《原野》《日出》《北京人》《蜕变》《家》一系列名著。"郑秀带着气愤地说了一大串。"你和村彬都是作家，多好！"郑秀最后说。

父母在北京开会也见到曹禺，他热情地拉着我父母说："你们写了不少东西，太好了！"一次，曹禺到上海绍兴路我们家，看见在楼前有个小花园，有桃树柳树和许多花草，中间还有棵长得很茂盛的大塔松，走进楼上敞亮的房间，他就兴奋得叫起来："我们真的翻身了，解放前这种房子我们看也别想看，可现在我们住进来了。"他还是那么热情洋溢。

解放初期，文艺界很多人都认为自己是从旧社会过来的，感到连话都不会说了，词汇全变了，都是新名词，思想跟不上时代，不是无产阶级思想，大家都急于改造自己，要从头学起，纷纷参军下乡去工厂，向工农兵学习。我父母参军到苏北军区，曹禺去了佛子岭水库工地。当时有人对经常演出的《雷雨》在报纸上提出批评，认为鲁大海和鲁贵应该是工人阶级，但剧中他们都不是工人形象。曹禺从不固执己见，也不自以为是，他想剧中鲁贵是工人阶级应该修改，就把剧本修改了。戏剧学院教授吴仞之也曾为如何塑造鲁贵与人论战，他导演《雷雨》时就按曹禺修改本把鲁贵的表演改了，结果这个人物一点色彩也没有了，其他人物也因此而减色，演出很失败。后来曹禺又把戏改回来，在艺术探讨上走了一段弯路。

　　"文革"十年动乱，我父亲被打成资产阶级反动学术权威，在苦难中还患肺癌开刀，粉碎"四人帮"后得到第二次解放。父母再次回到故乡北京，我陪母亲去看郑秀，她"文革"中没有受到大冲击，仍然住在那套古老四合院里，她还是那么好客，请我们去家中吃饭，照例有甜点心、银耳羹和福建红糟鸡等。多年不见了，郑秀谈起曹禺还是那样动情："元美，你知道'文革'中家宝差点被开大会批斗，那次已经通知他了，他吓得让家人给他准备后事，我听到这消息叫两个女儿去看他，去安慰他们。告诉邓译生如果家宝有什么不幸，郑秀和两个女儿会来负责她们母女三人的。"当时黛黛已经是住院医生了，昭昭在北影搞音乐工作，都已经挣钱了，郑秀自己也在教书，而邓译生还是没有工作，她和曹禺的两个女儿还在上学，所以郑秀说她母女三人可以负责邓译生母女三人的生活和两个孩子的学费，还建议邓译生学缝纫，挣点钱补贴家用。这样邓译生的两个女儿有时也到郑秀家来探望，她们在苦难的日子里有了来往。郑秀虽然一直恨邓译生抢走了曹禺，可还是在困难时期关心邓译生。郑秀讲得那样动情，浸透着对曹禺的一片深情，她太重情义了，令人感动！

晚年的浓郁情思

曹禺"文革"后被选为全国剧协主席、文联主席，我父母不愿意攀高结贵就很少去找他了，但每年两会期间父亲去北京，总能在会上见到他。后听说邓译生肺病复发，病得很厉害，整天守着药罐子，一次病情严重，曹禺把自己写的稿子都拿出来烧了，可见他对邓爱之深。不久听说邓译生不幸走了，可以想象曹禺那时有多痛苦，从邓译生得病到逝去，曹禺有多少岁月在悲痛中度过，他对邓译生是一往情深。而郑秀却对曹禺一往情深，一直想与他复婚，想办法照顾他，做菜送给他吃，安慰他，让大女儿黛黛常去看望他，黛黛是个好女儿，好医生，成为曹禺的保健医生。朋友们旁观者都知道曹禺对郑秀一点意思都没有，从没到郑秀家去看看她。可郑秀谈起曹禺总是情意绵绵，事隔几十年了，她还活在遥远的情感之中。母亲为老友袒露心怀而感动，更为她担忧。

后来传闻曹禺与李玉茹好了，大家半信半疑，李玉茹是我国京剧名演员，与言慧珠、童芷苓三足鼎立。李玉茹到底是科班出身，十四五岁在戏校时就演过女主角了，我母亲在燕京读书就曾看过她配合王金璐演《平贵别窑》，小小个子胖胖的圆脸，还带点娃娃味，

164

可是戏演得很好，大家都觉得她是继承赵金荣、侯玉兰的后起之秀。李玉茹曾经的婚姻并不幸福，"文革"中受到很大冲击，传闻劝她退党。李玉茹这时已是年近六十岁了，已经不大登台演出了，原剧专的校友得知曹禺与李玉茹接近都替他惋惜，可无法与曹禺谈，他也一直否认。

一次我父亲去北京参加全国政协会议，与我母亲一同去探望曹禺，那时他住在新的单元楼里，这是自江安剧专共事后，第一次到他家里，他与邓译生的两个女儿同住，那天两个女儿都不在家，房间布置很简单，家具不多，大家谈了很久。我父亲是很直爽的人，他把积在心里对曹禺的疑点都提出来了，第一个就提出：很不理解曹禺为什么会对上海人艺的一次很不成熟的《罗密欧与朱丽叶》演出大加赞允？这戏用的是曹禺的中文译本，由丹尼导演，而当时丹尼已经开始患有老年痴呆症，什么都不记得了，她不肯导演，而黄佐临不觉得她有病，一定要她导演。据说她很少到场，大都由副导演排的。彩排时，我母亲坐在丹尼身边，《梁祝·楼台会》一场刚闭幕，她却问我母亲怎么没演《梁祝·楼台会》

呀？可见她当时已经病了。这台演出不理想，存在不少问题，曹禺正巧到上海看了戏，演出结束后他上台祝贺，大家要他提意见，他只说："好极了！是看到的最好的一台。"没说任何具体意见，可又听说他出了剧场上汽车时却说："演的什么呀！"父亲对他很失望，想他在敷衍，不真诚。对于父亲的疑问，曹禺坦诚说："没办法！我作为全国剧协负责人，如果说不好，对那个演出的打击不太大了吗？大家会把我的话作为对这个演出的定论，这样就影响了卖座等一系列问题，对演出单位就很不利了，所以对什么都只能说好，这是没办法的事。"曹禺说出了他的苦衷，父亲感到他当个领导也真不容易。接着父亲就谈到与李玉茹的关系问题，不知曹禺是有顾虑还是没有最后下决心，仍然否认。

曹禺与李玉茹第一次同时出现在我家，是曹禺希望我父亲导演他的新作《王昭君》，这个戏北京人艺刚演出过，反映一般，演出票房亦不好，大家只对饰演老宫女的赵蕴如评价很高，认为全剧这个人物写得最成功，赵蕴如也演得最好。父亲以为曹禺希望自己在上海重排，能有好一些的效果，因为曹禺对我父亲的导演功力很赞赏。抗战时江安国立剧专排演顾毓琇的《岳飞》，经多位教师导演均不能上演，最后由我父亲导演，在重庆公演获得成功，成为学校的保留剧目，曹禺戏称我父亲"杨回天"。父亲万万没有想到曹禺这次是想把《王昭君》改编为京剧，由李玉茹主演，父亲当时正忙于排其他戏，而且怀疑这戏是否适合改京剧，加之李玉茹当时已近六旬，演这个人物是否合适，所以不知如何答复。曹禺是聪明人，感到我父亲不愿意排，以后就没再提了，而他与李玉茹的结合就此而半公开了。

郑秀对此想必有所听闻，但她还是一门心思想与曹禺复婚，多次与我母亲谈起此事，希望我母亲与曹禺谈谈，撮合撮合。我父母知道此事绝无可能，曹禺毫无此意，只是郑秀一味痴心，一往情深，我母亲很为郑秀难过，又不好直说，只能婉转地劝她还是保持目前的状况为好。当郑秀得知曹禺与李玉茹结合完全公开，很为曹禺担心。

后来郑秀退休了，那时万黛夫妇已去美国当医生，看来她经济条件好多了，二女儿万昭在北京电影制片厂工作，常去看她，替她买了三轮脚踏车，随时可以出门玩玩，有个保姆一直照料她一个人，按说她可以安度晚年了。可是曹禺病了，肾脏病需要长期血透，这时郑秀也病了，由于她长期吸烟，患上严重的气管炎，又说是肺心病，常常透不过气来，随身带着小瓶子喷氧气，身体很虚弱，但她对曹禺的一缕情丝没有断，对曹禺与李玉茹结合始终耿耿于怀，郑秀表面是恨曹禺的，但心里还是喜欢他的。她一直想念着曹禺，仍然常常让保姆往医院给曹禺送菜，认为曹禺的病很难治愈，不久于人世，曹禺仍是她心里最重要的人，仍是她生活的支柱，每次见到我母亲都要谈论曹禺。

　　曹禺住院期间，我父母到北京总会去医院看望他，总见到李玉茹陪在病房里，夜里就搭个小折叠床睡在那里。想起曹禺与李玉茹结合后，一次他们同去上海，我父母与上海剧专校友请他们二位到文化俱乐部吃饭，那天菜很丰富，李玉茹吃得很多，直说好吃，我母亲很惊讶，没想到一位很斯文的京剧艺人这么能吃，饭后很多菜都打包了，让李玉茹带回旅馆，没想到她很高兴地拎上了汽车，感到她很豪爽，不装腔作态，就对她看法有了变化。李玉茹多年一直陪着曹禺，顾不及梳妆打扮，穿件很随便的衣服，毫不修饰地照应着曹禺，作为一位名演员，能放弃自己心爱的艺术，整天陪着一个没有希望治愈的病人，变成贤妻良母了，真是令人难以想象。

一次郑秀得知我母亲到北京了，一定要请吃饭，说正好是她生日。正巧黛黛回国来探亲，昭昭和她女婿还有一个外孙都来了，黛黛张罗上菜，一道一道菜很排场。有个大菜，郑秀说："怎么用这个盘子？我不是要用那套蓝花大瓷盂吗？"黛黛忙说："对了，我忘了。"忙把盘子端下去重新换了蓝花大瓷盂再端上来。餐后昭昭拿出相册，大都是郑秀的照片，昭昭说："妈妈是我们拍照的主角，是我们家的明星，看她拍的照片多好！"说着又拿出相机来拍摄，看得出来黛黛和昭昭都在想办法使她快乐。

郑秀是重感情的人，她常住北京，对贝满女中同学比较了解，算算竟有十个人都在北京，经历五十多年沧桑，如今已是七十多岁的老人了，相约在北海公园假山上聚餐，大家各自带了野餐的食品，好像又回到五十多年前中学时期。那天郑秀由最年轻也最健康的同学陪着去的，她时常透不过气来要吸氧气，这种状况她还提出请大家第二天去她家吃饭，再聚会。同学们都认为她身体不好，不要麻烦她了，可她非常热情坚持要大家去。第二天大多数都去了，郑秀仍然很讲究地准备了一桌酒席似的饭菜。郑秀很单纯，甚至有些傻，别人对自己有看法，竟然一无所知，她喜怒哀乐一切都放在脸上，没有任何隐瞒，把我母亲当为最亲近的朋友。郑秀在病势沉重很虚弱时，每说一句话都很费力，一直喘着，还要我母亲回上海前，一定要到她家吃饭。母亲不好说什么，就说："别了，等你好了，我一定来吃饭。"她生气了，急得更喘不过气来，一定要我母亲去，母亲只好答应了。临行前我母亲去告别，郑秀还是让保姆做了五六碗菜，那顿饭我母亲实在一口也吃不下去。郑秀病成这样还是那么热情对待朋友，看着她那瘦弱的身躯，我母亲心里说不出的难受，回上海没多久就听说郑秀病逝了。

两年后我母亲又到北京过春节，去探望曹禺，曹禺一见到我母亲就悄悄地说他对不起郑秀，我母亲说，肺心病没办法的事，劝他不要多想了，养病要紧。曹禺很沉重地反复说："不，我总有点内疚！""对不起她！"

他们两位脾气大不相同，当初为什么相爱结合呢？他怎么会爱上郑秀的？那时郑秀在他心目中是什么形象？我们都不知实情。曹禺又伤感地说，他结过三次婚，有四个女儿——他没有说下去，不知他是什么意思。黛黛定居美国了，昭昭在北京电影制片厂工作，据说与他有过过节，昭昭曾将曹禺的《日出》改编成电影文学本，上海电影制片厂要拍《日出》，她就把剧本交给曹禺，后来用了万方的改编本，昭昭认为那就是自己改编的本子，因此很不高兴。我母亲听到此事心里也不好过，都是根据曹禺原作改编，同一个故事总会有雷同之处。郑秀对这件事很生气，认为曹禺对邓译生养的女儿比对自己的好，婚姻的不幸影响了下一代。那时李玉茹患肺癌到上海开刀去了，曹禺很寂寞，他心情当然不好。我母亲就安慰他说："玉茹一直在这医院搭个床陪你，真不容易，她对你真好。"所幸李玉茹手术后身体恢复很快，较前胖多了，不久她又回到曹禺身边，与他相依为命。

父母和曹禺的深厚情谊

1991 年，在我父亲逝世两周年之际，中国戏剧出版社拟出版他的导演经验和理论专著，并请曹禺为该书写序并题写书名，曹禺欣然接受，按时交稿。父亲的学生和朋友酝酿召开一个纪念会，由中国剧协、上海剧协和上海人艺、上昆、上影等单位发起筹办"杨村彬戏剧艺术研讨会"，我母亲想请曹禺题词，去医院探望他，刚走进病房，还未开口，曹禺就从病床上爬起来，母亲立刻劝他躺着休息，曹禺穿好衣服笑着说："村彬的研讨会就要召开了，我想写点。"就让李玉茹拿出笔砚，铺好宣纸，李玉茹说："家宝昨夜就想好词句了！"母亲不知说什么好，想曹禺以久病之身对老朋友如此尽心，真是情感深厚啊。曹禺站立着拿起毛笔，母亲劝他坐下写，李玉茹说："他喜欢悬腕写，他早就想好要写大幅字。"只见曹禺把纸张摆好，计划了数字，就挥笔写下：

高风亮节　煌煌业绩　为革命戏剧奉献终

生是我们的学习典范　敬奉
杨村彬戏剧艺术研讨会

　　　　　　曹禺一九九一年八月

　　　　　　　八十一岁，北京

　　他手没有抖颤，一气呵成，写完后就坐在躺椅上对我母亲说："在江安多好啊！我们一起聊天、野餐、到江边玩，可惜没有探讨更多文艺戏剧问题。村彬写了那么多戏，导演了那么多戏，他做了那么多工作。"曹禺又深情真诚地看着我母亲说："村彬真是圣人，从没有人在他背后说他的坏话，我从来没听见过，这真不容易！"这时医院开饭了，送来一些干巴巴的炒菜米饭，母亲止不住说："就这菜？怎么没有汤水？"曹禺说："不要紧，我女儿从国外请人带东西给我，很好吃的。"李玉茹从冰箱里取出个小纸包，曹禺很小心地打开纸包，再打开里面的锡纸，拿出一段红肠。李玉茹说："家宝很爱吃，舍不得一下吃完，每次只切一小段吃。"母亲说："病人还是要喝点好汤水，我女儿家方便，我可以烧点家乡藕汤给你送来。"曹禺马上笑着用湖北家乡口音说："湖北藕汤太好喝了，我总忘不了在清华读书时到你家吃饭，你妈妈煨的藕汤太好喝了！"他说的时候好像余味犹存。后来母亲多次烧了藕汤让我们送到医院给曹禺喝，可惜北京难得买到炖汤的粉藕。我每次去医院看望曹禺伯伯，他总是硬撑起身子要送我到电梯口，我再三谢绝也无法阻挡。我是晚辈啊，他如此礼貌周全，弄得我很过意不去。

在交谈中母亲感到曹禺收入有限，他长期卧床没有稿费收入，仅靠工资，李玉茹也很久不演出了，他们要开支北京上海两个家，很难想象像曹禺这样一个有贡献的大作家的生活状况会是这样的。当时有台商要在大陆投资建厂，要我母亲帮助请大陆名人为他们写招牌，母亲就想到曹禺，几经洽商他们选定曹禺。母亲向曹禺介绍了情况，曹禺一口答应没提酬劳，就题写了招牌。台商立刻汇去润笔费，曹禺让司机帮助取款，没想到钱被偷了，虽然报了警，但一直未能破案。得知此情况母亲也很无奈，正巧这时有人邀请我母亲共同创办艺术学校，因年事已高，母亲再三推脱，对方不断说服；他们又得知我母亲与曹禺是老朋友，要求母亲请曹禺题写校名。母亲想这可以补偿曹禺上次失款的损失，就让我和爱人去医院探视时悄悄询问李玉茹，没想到曹禺一听说是与我母亲有关的学校立即抱病题写了。母亲担心曹禺他们无人去银行取润笔费，就让学校把钱汇给我，由我们取钱送到医院曹禺手中。曹禺收到钱还与我母亲通了电话，母亲才放下心来。后来曹禺病情有好转，春节回家过了年，还出席中央戏剧学院校庆活动，母亲在电视里看到他坐轮椅参加大会真为他高兴！

1996年12月13日曹禺去世了，李玉茹不让我告诉母亲，当时母亲正在美国探亲，没想到竟在报纸上看到曹禺逝世消息。老朋友的逝去，母亲十分哀伤，在异国他乡，一幕幕往事浮现眼前，她只能记下点点滴滴寄托哀思。

（本文选自《世纪》杂志）

幽幽长者

余秋雨

　　我建议朋友们再读一遍王元化先生所写千字文的最后两段，也就是从"张可心里似乎不懂得恨"，读到"如果她想与我划出一点界限，我肯定早就完了"。我在读了好几遍后认定，这是王元化先生毕生最好的文字。一个孤独了的丈夫吐露的生命秘密，正是人类的秘密。

幽幽长者

一

早在一九九七年，我写过一篇题为《长者》的长篇散文，记述当时还在世的上海戏剧学院导演系研究员张可女士。这篇文章曾收入《霜冷长河》一书，但在后来编印的选集、合集中都没有收入。理由是，重读时觉得文笔过于散漫拖沓了，不符合我的严选标准。

据我的经验，一个人重读自己以前的文章，如果已经隔了十年，那么，特别在乎的是文笔，而不是内容。内容已经熟悉，而遣字造句、口气表情却还愿意一再玩味，并决定是保留，还是遗弃。

再过十年，也就是相隔二十年，情况又会发生变化。内容已经在记忆中模糊，因此又有了关注的好奇。一关注，一些幽幽微光，又会撞击心灵。这就像墙角淘汰多年的老家具，一直盖着灰布，也忘了是什么东西了，偶尔掀开灰布，居然眼睛一亮。

那天，我不小心掀开了那篇旧文。

张可老师早已不在人世，学院里几乎没有人记得这个名字，各种记录资料中也没有留下任何痕迹。然而，她实在是中国现代女性的一个特殊典型，比现在被传媒反复描写、讲述的那些"才智丽人""民国女性"，更有深度。因此，我决定重写一篇，不仅仅是为了她个人。

二

张可老师并不担任课程，属于"教育辅助人员"编制。当初导演系刚刚成立时，系主任吴仞之先生要求设置一个"研究室"，专职人员只有张可老师一人，后来也没有扩充。张可老师是研究莎士比亚的，如果导演系要排演某部莎士比亚戏剧，她可以提供一些咨询。然而一年年下来，这样的机会一直没有出现。因此，张可老师安静而空闲。来上班时，也独进独出，无人注意。

只有在一种情况下，张可老师会顷刻成为全院焦点，那就是外宾来访。

上海戏剧学院的外宾一直比较多，包括在尚未开放的二十世纪五六十年代。来的外宾多是表演团体，一行艳丽妖娆，语言激动夸张，多数翻译人员都有点应付不了。即使勉强应付过来了，后面却还有几个绅士模样的高傲理论家，满口故弄玄虚的语言更让翻译人员头痛。在这种情况下，学院领导总会低声吩咐："叫张可来！"

张可老师一到场，外宾全都安静了，为她的美貌。她肯定比林徽因滋润，比王映霞清秀，比陆小曼典雅。面对外宾，她并不是热烈地一一握手打招呼，而是迎着他们的目光，在他们五六步前站定，介绍自己是莎士比亚学者，很高兴与他们在学院路遇，然后再充满好奇地询问他们来自什么机构和单位。浅浅问答几句，几乎和所有的外宾都粘连上了。而对那几个高傲的理论家，她会故意多谈一些，不露声色地吐露出让对方很难再高傲的专业素养。

她的英语，是标准的伦敦口音，却又增添了美国的开朗和热度。一开口，就让外宾们非常吃惊，却又障碍全消。于是，她立即成了人群的核心。

只要听说张可老师出来接待外宾，学院里的教师、学生、职工都会远远近近地围观，看她的优雅风范。上海戏剧学院美女如云，因此经常会有"民间口碑"式的"选美"。在喊喊喳喳间，入选名单不断更换，但列为第一名的总是她，张可。

三

美貌是第一惊讶，英语是第二惊讶，第三惊讶更重大：这么一个大美人，居然是老革命！

她在一九三八年十八岁未到就加入了中国共产党的地下组织，长期潜伏在美国新闻处和上海戏剧界的一些单位工作。后来据几位认识她的老人告诉我，正是她的美貌，给地下工作带来很多方便，即使身上藏有情报也容易混过去。但是，这一定是没有藏过情报的人的"外行臆想"。在真正的血火战斗中，外貌的作用并不太大，危险始终近在咫尺。年轻的张可就在危险中奋斗了十多年，直到一九四九年新中国成立，真不容易。

共产党掌握政权了，她还不到三十岁，本应风风光光地担任某个单位、某个部门的领导，却又出现了第四个惊讶：她功成身退，决然退党。

这第四个惊讶，让人觉得不可思议。

为什么？因为在中国共产党的历史上，退党的人很多。有的是叛变，有的是观念产生了严重分歧，有的是流亡海外失去了联系，更多的是在白色恐怖最严重的时刻考虑到了家人的安危……张可却是举世罕例：在自己的党隆重执政的时刻决定退党。

仅仅是几天之隔。几天前，共产党员只要被抓住就会被立即处决，她虽然没被抓住，却在心里坚定自认；几天后，共产党员已经可以在大街上昂首阔步，她反而已经不是。在历史转折关头的这种"反转折"，足以震动四方。

关于她的退党，有好几个传闻。

第一个传闻，在地下党员由暗转明的"报到处"，负责接待的领导人是一位级别不低的军事干部。突然见到张可这么一位美貌的"同志"和"战友"，他眼睛特别亮，话语特别多，似乎就像前些天快速攻入一座城池一样，便用很不恰当的语言表述自己的美好意图。张可早就听惯上海街市间对一个漂亮女性更"不恰当"的语言，但今天眼前这个人代表的，却是自己以命相托的组织。能在这样的话语中向组织"报到"吗？凭着在地下工作时养成的那股硬气，她扭头就走。

她不是原来就有组织吗？这就牵涉到第二个传闻了。地下工作时的领导，也是一位不错的文化人，看到战争结束，雨过天晴，准备重新安排生活，包括重建家庭。他一直有意于张可，但张可已经结婚。他希望两头都改变婚姻，这在当时的革命队伍中比例极高，但张可不想进入这个比例。

据我的判断，这两个传闻都未必虚妄。

她的退党，其实也出于对共产党的信任。终于掌权了，一切都会好起来，天下既然已经转危为安，我也就可以投入心中最喜爱的文学艺术了。过去出生入死，不也就是为了建设更文明的社会么？

这也是她公开表述的退党理由。

于是，上海戏剧学院出现了一个安静的莎士比亚研究者。

在刚刚结束动荡的年代，在上海这样的城市里，一个安静的人，极有可能封存着一部极为精彩的传奇。喧闹的，反倒一眼就能看穿。在革命资历决定社会地位的二十世纪五十年代，张可老师似乎变成了一个不懂政治的普通女性，说不定，街道的居民小组长还会给她补一点党史常识的课程呢。

这让我想起了上海戏剧学院的另一位奇特女性，党委副书记费瑛。一九四九年之前，费瑛在复旦大学读书，系里的激进学生为了打击"立场模糊的保守势力"，把她当作了重点批判对象。他们不知道，恰恰是这位打扮时髦的女同学，是中国共产党在上海很大一个片区的地下负责人，当时那些大家佩服的学生领袖，都是由她在幕后指挥。这种说法大概是不错的，因为直到她退休之后，好几位国家级高官每逢过年过节还会来问候这位当年的"神秘领导"。

但是，张可老师的资历，还比费瑛女士高得多。当然，更不必说学识了。她们这两位传奇女性每次在学院草地间的小路上相遇，总会快步上前，长时间亲热地握手，然后看看周边有没有人注意，再退到树荫下讲话。当时的费瑛女士是学院的实际掌权者，经常要作报告、发指示，气势很大，但一见张可老师，立即变成了温顺的小妹妹。其实在外貌上，张可老师要年轻得多。

四

好，现在可以说说我与张可老师的交往了。

我是一九六四年在江苏浏河的一个贫困农村首次见到张可老师的，那时我十七岁，算起来，张可老师应该是四十三岁了。

那个年代，凡是大学师生都要不断地到农村去，名为"社会主义教育"，其实就是从事艰苦的农业劳动。每次下去的时间很长，半年到八个月。刚回来不久又下去了，一轮一轮接得很紧。我到今天还没有想明白，当时上面的领导究竟出于什么动机，让学生不学习，教师不上课，校舍全空着，硬挤到破陋的农舍里长时间煎熬。农民显然不欢迎那么些外来人挤到他们屋子里住，却还是去挤；农民更不乐意那么些城里人拥到他们的田里胡乱折腾，却赶不走。

上级有规定，到农村后必须住在全村最贫困的家庭。而几个农村干部则皱着眉头在选最贫困的几家中最窝囊、最不会讲话的那一家，免得今后不顺心了拿着扫帚打架、驱赶。

我就被分配去了这样一家，一起去这家的还有一位外地干部和一位教师。外地干部叫李惠民，他本就是农村的，却为什么要换一个农村来劳动，一直没搞清楚；而教师，就是张可老师。

这家农民有三间破烂的小泥屋。东边一间挤着房东夫妻和子女，西边一间住着房东年老的母亲，还养了两只羊；中间一间放置农具和吃饭，又养着四只羊。我和李惠民住在中间那间，与四只羊相伴。张可老师住在西边一间，与房东母亲和两只羊相伴。这六只羊都是集体所有的，在这家"借住"，和我们一样。

我所说的这一间、那一间，中间隔着墙。但那墙是芦苇秆加泥巴糊成的，六只羊的叫声全都听得见。比羊叫更刺耳的是老太太连续不断的咳嗽声，这实在是让张可老师受罪了。她住的那间泥屋，特别小，老太太的床又窄又脏，紧贴着张可老师的床。张可老师挂了一顶从上海带去的白帐子，但两只已经脏成灰黑色的羊就蹲在帐子边，臭气和霉味扑鼻而来。

这就是我和张可老师初次见面的地方。

我看到这间泥屋的景象就立即大声说："不行，老师，你绝不能住在这样的地方！"

我当时只知道她是我们学院导演系的教师，还不知道她的名字，但看到这么一个恐怖的住所，一下子就产生了一个男学生要保护女老师的责任感。

她竖起食指"嘘"了一下，让我小声一点。随即问了我的名字，便轻声说："规定要住最贫困的人家，只能这样了。要换，也没有理由。"

我说："我小的时候在家乡农村长大，也从来没有见过这么腌臜的房子。"

"腌臜，这个词用得好。"她说，"你家乡在哪里？"

"余姚。"我回答。

"余姚？好地方。"她说，"考考你，你知道同乡王守仁吗？"

"考考你"，这是一个老师最能向学生表明身份的说法，在这烂泥屋里听到，我特别高兴。

"王守仁就是王阳明。心外无理、知行合一、致良知。"我说，稍稍有一点学生式的小卖弄。

她这下认真看我了，满脸微笑地说："我只是随口一问，你就端上了王阳明三个最重要的学说，真要刮目相看了。"

五

刚下乡时，正逢雨季。村里有规矩，天一下雨就要开会，开会的地方离我们的烂泥屋不近。这就太难为张可老师了，因为门外一片泥泞，她走一步摔一跤，浑身是泥。其实，她到河边洗漱，也寸步难行。雨停了，就要下田劳动，但田埂还是泥泞，她仍然无法行走。

这就需要我来搀扶了。我小时候在农村时成天赤脚玩泥，不把泥泞当回事。因此，几个月中，我成了张可老师最趁手的拐杖。

对于吃饭，当时还有一个奇怪的规定，尽管交了饭费，但绝不能吃饭桌上的任何荤菜，连农民在河沟边自捞的小鱼小虾也不能动。幸好这家人家没有这种麻烦，下饭的菜永远是一碟盐豆。为了怕费油，青菜都不炒一个。几个月下来，我们的脸色已惨不忍睹。

张可老师看着我说："你正在长身体，不能长时间这样。"但是，又能怎样呢？她叹了一口气，说："现在上上下下都喜欢摆弄苦，炫耀苦，却忘了当初革命是为了什么。"

我当时一点也不知道，说这句话的人，最有资格说"当初"。

也有下雨不开会的日子，我们就可以在烂泥屋中间那一间的门内，看看书，说说话。

那天，我在一角看书，张可老师从她的泥屋子走了出来。只是远远地瞟了一眼，她就说："不要只读兰姆，要读原文。"

这下我脸红了。我确实在读兰姆姐弟（Mary Lamb and Charles Lamb）合编的《莎士比亚故事集》，从外文书店买来的英文版。原来以为已经很牛了，却被真正的莎士比亚专家一眼看破。她怎么粗粗瞟一眼就能认出哪一本书呢？这就叫专业。

我嗫嚅着："莎士比亚原文是上了年纪的英语，很难。"

"你真不知道该原文的乐趣有多大！"她说这句话的时候，满脸都是光辉。

"如果由中国的剧团来演出，用谁的译本比较好？"我问。

张可老师说："一般用朱生豪的，他只活了三十二岁就翻译出了二十七部，令人感动。但也正因为太匆忙，有点粗糙，对那个时代的神韵传达不够。这些年北京大学吴兴华等人进行了校译，质量就提高了。梁实秋倒是翻译全了，翻得从容不迫，但少了朱生豪的那种激情，又不太适合演出。"

顿了顿，她说："记住，现在中国最好的翻译家是傅雷，我们很熟。你听说过他的儿子傅聪吗？大钢琴家……"

我知道，这就是上课，就恭恭敬敬地找了一把小小的竹椅子摆端正，请她坐下，我就坐在对面三块叠着的泥砖上。她一笑，便坐下了，显然，她也愿意在这被大雨封住的小泥屋里讲这样的课。以后每次这样一坐，彼此心头就都响起了学院的铃声。

"你能读兰姆，也算不错了，那书是在福州路外文书店买的？"张可老师问。

我说："兰姆是我的中学英语老师孙珏先生吩咐买的，现在这样的书买不到了，满架都是《毛泽东选集》的各种外文版。前两次下乡，我为了学英语，把《毛泽东选集》的英文版读了一遍。"

"那是偷懒的办法。"她说，"中国人的思维，中国人的词汇，猜都猜得出来。读英语，先读狄更斯，再读莎士比亚。"

"你们系里平常上一些什么课？"她问。

"太差了。当时是以全国最难考的招牌把我们吸引来的，一听课，多半是政治教条。我们等着顾仲彝先生来讲贝克技巧。"我说。

她笑了一下，说："贝克不重要。技巧只是技巧。"

"亚却呢？"我追问。贝克和亚却，都是美国的编剧教师，小有名气。

"也不重要。"她说。

"劳逊呢？"我又问。劳逊的书，已在中国翻译出版。

"稍稍好一点，讲到了结构，但还是浅，而且啰唆。"她说。

她三下两下，就把我们所企盼的课程全给否定了。其实按照当时已经泛滥起来的以政治压倒一切的极左思潮，这些课程也不可能进课堂了。这就像一群应招女婿还没上门，就被她婉言谢绝了。当时我听了，是心存怀疑的。

她看出了我的怀疑，就讲了一段话："艺术的最高处，不在技巧。莎士比亚是一位伟大的诗人，向他学什么编剧技巧，实在是委屈了他。而且，学戏剧文学，目光也不能只在编剧。中国话剧的发展，关键在导演。戏曲，关键在演员。一切都靠时代力量和个人天赋。"

"那是不是要学习斯坦尼和布莱希特的表演理论体系？"我问。

"也不必。他们两人都是好导演，但是一钻到理论里就夸张了，把架势撑得太大。凡是艺术家自己搞的体系，都不能太相信。"她说。

后来我每次回想，都感谢张可老师在我刚懂事的年代示范了如何做减法。这种减法思维，使我毕生受益。

别的老师喜欢把自己知道的一切全都当作宝贝往学

生肩上压，张可老师正相反，以自己的阅历衡量轻重，对比高低，去芜存菁，早早地为学生减省负担。并且，把减省负担当作一个重要的学术门径，启发学生。

我想，如果不是那间雨中烂泥屋，而是一直在高楼深院里接受一系列正规教育，那么，我不知道会在大量"看似重要的不重要"中浪费多少年月。

有一天又下雨，她与我谈起了文学。她对中国现代小说全都看不上，包括一系列已经上了现代文学史的"经典作家"在内。

"都不大气，缺少人性和神性。只是社会化、观念化、个人化的东西，显得神经兮兮又可怜兮兮。"这两个"兮兮"是上海女性的口语，一说出口，她就笑得很开心。

"您会不会也去翻翻当代小说？"我问。

"翻得很少。粗粗的印象，我觉得陕西的作家比较认真，像柳青、王汶石。看起来王汶石更好一点，笔下有一种爽朗的劲道，可惜题材太窄。"

我对她读过王汶石有点吃惊。

接下来是她问我了："外国小说你喜欢谁？"

"法国的雨果，俄国的契诃夫和美国的海明威。"
我说。

"我知道了，你不喜欢精神撕裂型、心灵忏悔型的
作品。"她说，"正好，我也不喜欢。"

就这样，过了五个月。一天上午，乡里一个通信员
推着一辆很旧的自行车来通知，说上海戏剧学院的领导
来慰问下乡劳动的师生，今天就不用下田劳动了，大家
到南边一个旧祠堂里去集中，中饭就在那里吃。

这是让人高兴的事，我陪着张可老师走了不少路，
找到了那个旧祠堂。来慰问的领导就是费瑛书记，她一
见张可老师便着急地迎过来，握住手之后又一遍遍上下
打量着，那表情的意思是，真不该让她在这里待那么久。

分散在各村的同学和老师重新见面，都非常开心。
这时才发现，旧祠堂的一角正烧着两只大锅，飘出阵阵
无法阻挡的香味。原来，费瑛书记听说我们在乡下不仅
劳动艰苦，而且吃得很坏，就决定来一次最实际的慰
问。那就是请学院食堂的厨师一起下来，办一次聚餐，
每人分两块草扎肉、两个馒头，进行"营养速补"。

所谓草扎肉，就是把五花肉切块后用一根根稻草扎

了，放到锅里焖煮。煮烂了也不会散块，掂起稻草分给各人。由于已经有五个月没有好好吃饭了，很多男同学打赌，能一口气吃下十块。女同学只闷笑，心想十块怎么够。看到同学们的狼吞虎咽，费瑛书记眼泛泪光，轻轻摇头。张可老师只吃了一块肉，把另一块放到我的盘子里，就起身又到费瑛书记那里去了，我连推让的机会都没有。

这时，在我们邻村劳动的胡导老师挨近我，问："你知道为什么费瑛书记这样尊重张可老师吗？"

我摇头，看着胡导老师。

胡导老师打趣说："看你和她在一起劳动快半年了，她都没有透露。可见我也不能透露，这是地下工作的规则。"

看我发呆，胡导老师又加了一句感叹："传奇啊，了不起！"

六

一九七九年春天，我在学院资料室里翻阅北京的一本学术杂志，发现一篇用中西比较方法研究《文心雕龙》的文章，心中一喜，却不知道作者王元化是什么人。当时正好有一家上海报纸向我约稿，就写了篇读后感寄去。没想到，几天后报社的编辑亲自来到我家，满脸抱歉。

"感谢您终于为我们报纸写了专文，而且写得那么好。但是，这篇文章暂时还不能发表。"编辑说。

"为什么？"我笑着问，因为这是第一次遇到退稿。

"原因只有一条，王元化的历史问题还没有结论。学术杂志发表他的论文可以，但我们报纸……"

"王元化究竟是谁？"我问。

"您写了文章还不知道他是谁？"编辑十分惊讶，"我们编辑部还以为，是因为您与他爱人同在一个学院的关系呢。"

"他爱人在我们学院？"我好奇极了。

"张可嘛！您真的不知道？"

"啊！"这下我倒真是发呆了。

我从椅子上站起来，在房间里走了几步，又到窗口站了一会儿，回想着张可老师与我交往的点点滴滴。她怎么一点也没有吐露,而我怎么一直也没有追问一句?

这就是中国人的师生伦理。好像学生不应该去揣测老师的家庭生活,更不应该随便打听。结果,代代传承,变成习惯,连想也不会去想了。

我怀着慌乱的心情,去找了那次在乡下向我暗示张可老师有"传奇"的胡导老师。胡导老师听我一问,就把隔壁办公室的薛沐老师也叫来了。他们都是见多识广的长辈,兴致勃勃地轮番叙述着,让我知道了这篇文章前面写到过的张可老师的历历往事。她宁肯退党也不愿意改变婚姻,正因为有这位丈夫王元化。

但是,在退党事件后没几年,王元化被牵涉进了"胡风案件",因为他是新文艺出版社的总编辑,与诗人胡风有业务交往。由于案件快速膨胀,他被逮捕入狱。那时张可才三十出头,不仅对蒙冤入狱的丈夫不离不弃,而且还处处寻找经常变动的关押地点,又不断地向各个相关部门上访诉冤。王元化出狱后没有单位,没有工资,精神又有点失常,全靠张可一人撑持着照顾。一年年下来,直到眼下,形势才有所变化,王元化可以在学术杂志上发表论文了……

我听了两位长辈的叙述，非常激动。张可老师给人的一个个"惊讶"早已叹为观止，没想到还在不断增加。这中间，还夹带着我自己的一个惊讶。就在我们下乡劳动的那些日子，她仍然处于为丈夫上访、为丈夫治病的过程中。我哪能想象，那顶挤在老太太和羊窝之间的白帐里，兜藏着中国女性最贞淑的品质，最坚毅的心灵。

外面，一天一地都是黑夜、暴雨和泥泞，而那顶小小的帐子，却是如此洁白无瑕。

我托请《辞海》编写组的一个年轻工作人员打听，张可老师什么时候会回学院一次。打听到了，那天我就守在我们经常聊天的那个路口。

果然，她来了。

毕竟是"文革"之后的第一次见面，千言万语不知从哪儿开头。我突然觉得不如"中心突破"，一开口就说了对王元化先生文章的评价，并为他终于能发表文章而高兴。

张可老师的表情很吃惊，连问我怎么全都知道了。我正支支吾吾，她又拉着我的衣袖到一边，轻声说：

"他到现在还没有平反，但从种种消息看，快了。平反后一定请你到我们家去长谈。"

"为什么要等到平反才去？王元化先生什么时候有时间，我随即登门拜访。"我说。

"他呀，什么时候都有时间。"她笑得很开心。

我们又聊了很多话，临别时，她又说："我一定把你对文章的评价立即告诉他。"

过了三天，与张可老师一起在编《辞海》的柏彬老师找到我，交给我一封厚厚的信。拆开一看，署名是王元化。

王元化先生详尽地叙述了以前如何在张可老师那里一次次听说我，了解我的过程，然后郑重约请我去他家一聚。在长信的最后他写了一段话：

> 秋雨，尽管身边还有大量让人生气的事，但我可以负责地说，就学术文化研究而言，现在可能正在进入本世纪以来最好的时期。

这段话让我感动，因为写的人还没有获得平反。

收到信的第二天，我就按照地址找到了他们家。是在淮海中路新造的一幢宿舍楼里，按当时上海的居住水准，已经算是不错的了。他们是新搬进去的，我想，既然上面有了给他们分房的举动，平反的事可能真的不远了。这在中国官场，叫作"正在走程序"。

张可老师一见我乐坏了，忙忙颠颠地端茶、送点心。他们家里雇了一个头面干净的老保姆，张可老师说："她是你的同乡，余姚人。"老保姆用余姚话与我打过招呼，就去忙饭菜了。

王元化先生坐在我边上，说："开头要说的话都写在那封信里了，今天开门见山吧。你读了这篇文章没有？"他拿起一本杂志放在我眼前，我一看，是李泽厚的《论严复》。

"我觉得这一篇，比他五十年代发表的《谭嗣同研究》写得好，尽管那篇资料收集得更细致。"王元化先生说。

张可老师一听，立即嗔怪起来："人家秋雨那么远的路赶过来，茶都没有喝一口，一下子就谈得那么严肃！"说着就拐身到厨房里去了。

我就与王元化先生谈李泽厚。我说王元化先生有眼光，这几年李泽厚进步很大，远超自己的五十年代。尤其是他以康德为背景的美学理论，已经把朱光潜、宗白华比下去了。

王元化先生睁大眼睛看着我，估计他会把朱光潜看得更高一点。但他还没有开口，张可老师已经在招呼吃饭了。

菜不多，但很精致。张可老师不断地在往我的盘里夹菜，自己几乎不怎么吃。他们家的饭碗很小，我几口就吃完了，张可老师忙着一次次添，添完又夹菜。连王元化先生看了也觉得有点过分了，不断笑着说："让秋雨自己来，自己人不用太客气。"

我看着张可老师，想起在烂泥小屋我们一起吃盐豆五个月，想起她在老祠堂把草扎肉让给我……她似乎也想起了什么，说："秋雨像骆驼，可以吃很多，也可以饿很久。"

吃完饭，王元化先生一挥手，要我到隔壁房间谈学问。张可老师向我一笑，说："你们谈学问我就不参与了。"

乍听这话像家庭妇女，但我分明记得，在农村，她一直在给我谈学问啊，而且谈得那么好。

与王元化先生谈了一会儿我就发现，他此刻浑身蕴藏着一个被废黜已久的学者对于学术交谈的强烈饥渴。反过来，他的知识结构又让我不无惊喜。他出事是在五十年代前期，那时，中国在文化领域的极左思潮还没有形成气候。等到他被羁押之后，社会上倒是越来越左了，他已经没有权利投入，因此也就保持了一份特殊的纯净。

为此，我们两人决定多谈几次。

在第一次拜访之后，我又在一个月里三次重访。为了谈得长一点，我一般都是下午二时去，不要与晚饭靠得太近。张可老师还是不参与，只是与老保姆一起，在厨房准备点心和晚饭。大概在三点半左右，点心就端出来了，非常细致，比如四个煎馄饨，或一小碗酒酿圆子。

通过几次长谈，我大体领略了王元化先生的知识结构。

王元化先生的父亲是教师，所以他小时候就住在清华园，"那里连鞋匠都讲英文"，因此有不错的西学背景。原是基督徒，后来加入共产党，较多的时间着力于革命思想的传播。虽然没有出国留学经历，也没有安心求学的可能，但对十八、十九世纪欧美的文化思潮都有了解，又更多地受到俄国别林斯基、丹麦勃兰兑斯和法国罗曼·罗兰的影响，因此在社会关怀、人文激情上，都超过了很多留学归来的"民国学人"。

"胡风事件"使他改变了文化道路。从监狱释放后，他随张可研究了莎士比亚，自学了黑格尔哲学，又把《文心雕龙》作为理论解析的中国标本。这使他从一个文化评论者转化为专业研究者。

他文化视野的下限，大概止于德国社会学家麦克斯·韦伯，这也是"文革"结束后几年他看书自学的。由于年龄的制约，他不可能学得更多。因此，对于弗洛伊德的学说，对于荣格所代表的文化人类学，对于接受美学，对于由卡夫夫起头的现代派文学，对于以萨特为代表的存在主义文学，他都没有太多时间关注。虽然也会提及，但基本不在他欣赏和研究的范围。因此，他是一个带有十九世纪的文化印记，再加上二十世纪革命责任的学者。他的重返，对上海文化界来说，是一种隔代风格的隐约重现，颇为可喜。

在整个长谈过程中，我一直等待着张可老师的出现。我暗想，即使在学术上，张可老师也会产生一些独特的观点，让王元化先生和我惊喜。但是她一直没有出现，始终在厨房里忙碌。

夏衍曾说："大家都在称赞钱锺书，我却更欣赏杨绛。妻子比丈夫写得更好。"我对张可老师，也有近似的判断。至少在对文学艺术作品的直觉上，她一定强过王元化先生。而这种直觉，来自天性。不错，张可老师应该比王元化先生更靠近无邪天性。

七

终于，我要写出最沉痛的笔墨了。

就在我与王元化先生几次长谈的三个月后，一九七九年六月，张可老师突然在一次会议上脑溢血中风。

送到医院，情势十分危急，昏迷十天不醒，半个多月一直处于病危之中。

王元化先生在医院号啕大哭，一遍遍高声呼喊着："我对不起她！我对不起她！"

医院的走廊上，回荡着一个苍老学者撕肝裂胆般的声音。

张可老师虽然暂时挣脱了死神，却像彻底换了一个人。这种情景我不忍描述，一切略懂医学的人都知道。其实，原来的张可老师已经不在了。

不到半年，王元化先生彻底平反。不久依照他的革命履历，升任为上海市委宣传部长。

这是一个不小的官职，家里人来人往。张可老师已经不能招待了，躺在床上，眼睛直直地看着窗外的云天，又像什么也没有看。那情景，就像一尊卧姿的汉白玉雕塑。

我想，这又是这位传奇女性的又一个令人震撼的"惊讶"拐点了：苦苦陪伴了半辈子的丈夫终于要恢复名誉的关键时刻，她走入了另一个空间。

就像在一九四九年，终于要昂首阔步的关键时刻，她走入了另一个空间。

这时，我不能不对这尊中国女性的卧姿雕塑，我的老师，动用平日不会动用的两个字：伟大。

八

我一直想找王元化先生好好谈谈张可老师，然后写点什么。

在这么大的城市当宣传部长确实太忙了，找不出成块的时间。好不容易等到他离休，他、黄佐临、谢晋、我，成了上海市四大文化顾问，经常见面讨论。但四个人一聚，我眼花了。黄佐临和谢晋也是我文学追踪的对象，我想通过他们来唤醒上海文化的自尊，而且，因为他们两人的作品世所共知，写起来也会比较顺手。最难写的是张可老师，我把她放到最后，因此没有在那个时候打扰王元化先生。

后来，国际大专辩论赛邀请王元化先生、我与哈佛、耶鲁的两位教授一起，担任"四人总评委"，中间空闲的时间比较多，坐飞机时更能够联座细谈，我开始不放过王元化先生了。

王元化先生说："由你的文笔来写张可，就会成为一座纪念碑。"

大概在两个月后，我送去了《长者》文稿。

王元化先生看后，立即通知我到衡山饭店找他。

这是衡山饭店朝西的一间不大客房，王元化先生在这里生活和工作。这是怎么回事？王元化先生说："发生了一些不愉快的事，是一个企业家为我租这间房的。"

什么"不愉快的事"？他不说，我也不问。这就像当年对张可老师，她不说我都不问。胡导老师说，这是"地下工作的规则"。

王元化先生从抽屉里拿出我的《长者》文稿，我以为他要提一些修改意见，却不是。他郑重地对我说："能不能在你的文章中留出一个不大的篇幅，说说我对张可的评价？"

当然可以。而且，这样也增加了这篇文章的分量，我太高兴了。但是我还不太明白，为什么一个很能动笔的丈夫，要把自己的对妻子的评价放在别人的文章里？

王元化先生解释道："如果由我自己写一篇文章，只能是丈夫对妻子的回忆，容易陷入过程性叙述，会显得一般。你的文章拥有最多的读者，我不妨借一把力，把事情做得隆重一点。但必须特别标明，文章中有一段是以我名义写的，也算是我自己的一份纪念。"

这就清楚了。我就问："你的评价，是你亲自写，还是我派人来记录？"

他说："我亲自写。"

"几天？"我问。

"三天。"他说。

三天后，我又去了衡山饭店。我一敲门，门立即就开了，开门的王元化先生手上拿着几页文稿。

下面，就是王元化先生为张可老师写的几段文字。我数了数，共约一千二百个字——

张可，一九二〇年十二月出生于苏州一个书香世家，受良好早期教育。十六岁时考进上海暨南大学，这是一所拥有郑振铎、孙大雨、李健吾、周予同、陈麟瑞等教授的大学，学风淳厚。一九三八年十八岁时加入中国共产党，从此全力投身革命，大学毕业后主要在上海戏剧界从事抗日活动，自己翻译剧本、组织小剧场演出，还多次亲自参加表演。结识比她早参加共产党的年轻学者王元化。

抗战初年在一次青年友人的聚会中，有人戏问王元化心中的恋人，王元化说："我喜欢张可。"张可闻之不悦，质问王元化什么意思，王元化语塞。八年抗战，无心婚恋，抗战胜利前夕，有些追求她的人问她属意于谁，张可坦然地说："王元化。"

以基督教仪式结婚。其时王元化在北平的一所国立大学任教，婚后携张可到北平居住。但张可住不惯，说北平太荒凉，便又一起返回上海。

一九四九年五月上海解放，这两位年富力强而又颇有资历的共产党人势必都要参加比较重要的工作，但他们心中的文学寄托，在于契诃夫、罗曼·罗兰、狄更斯、莎士比亚，生怕复杂的人事关系、繁重的行政事务和应时的通俗需要消解了心中的文学梦，再加上已有孩子，决定只让王元化一人外出工作，张可脱离组织关系。

因胡风冤案牵涉，一九五五年六月王元化被隔离，还在幼儿园小班的孩子张着惊恐万状的眼睛看着父亲被拉走。关押地不断转换，张可为寻回丈夫，不断上访。王元化被关押到一九五七年二月才释放。释放后的王元化精神受到严重创伤，幻听幻觉，真假难辨，靠张可慢慢调养，求医问药，一年后基本恢复。当时王元化没有薪水，为补贴家用，替书店翻译书稿，后又与张可一起研究莎士比亚，翻译西方莎学评论。张可还用娟秀的毛笔小楷抄写了王元化《论莎士比亚四大悲剧》和其他手稿。

三年自然灾害期间，王元化曾患肝炎，张可尽力张罗，居然没有让王元化感到过家庭生活的艰难。"文革"灾难中，两人都成为打击对象，漫漫苦痛，不言而喻。

"文革"结束之后，王元化冤案平反在即，一九七九年六月，张可突然中风，至今无法全然恢复。

一九七九年十一月，王元化彻底平反，不久，担任上海市委宣传部门主要领导职务。

王元化对妻子的基本评价："张可心里似乎不懂得恨。我没有一次看见过她以疾言厉色的态度对人，也没有一次看见过她用强烈的字眼说话。总是那样温良、谦和、宽厚。从反胡风到她得病前的二十三年漫长岁月里，我的坎坷命运给她带来了无穷伤害，她都默默地忍受了。人遭到屈辱总是敏感的，对于任何一个不易察觉的埋怨眼神，一种悄悄表示不满的脸色，都会感应到。但她却始终没有这种情绪的流露，这不是任何因丈夫牵连而遭受磨难的妻子都能做到的，因为她无法依靠思想或意志的力量来强制自然迸发的感情，只有听凭仁慈天性的引导，才能臻于这种超凡绝尘之境。"

王元化又说："当时四周一片冰冷，唯一可靠的是家庭。如果她想与我划出一点界限，我肯定早就完了。"

　　我把王元化先生亲笔写下的这篇千字文放在《长者》的第六节，并用楷体字排出，区别于其他文字。文章收入书中后，王元化先生写来一封信深表感谢。他说，张可老师已经不可能阅读，他分三次把我的长文读给张可老师听，张可老师躺在床上似听非听，但眼角有泪。王元化先生要我再送十本书过去，后来，又要了四本。

　　我建议朋友们再读一遍王元化先生所写千字文的最后两段，也就是从"张可心里似乎不懂得恨"，读到"如果她想与我划出一点界限，我肯定早就完了"。

　　我在读了好几遍后认定，这是王元化先生毕生最好的文字。一个孤独了的丈夫吐露的生命秘密，正是人类的秘密。

　　不错，人很脆弱。不管多高的官职，多大的财富，多深的学问，多广的人脉，毁灭都轻而易举。毁灭的前兆，是在四周一片冰冷中敏感地打量身旁的眼神，却失望了。

　　王元化先生的切身感受是，在这个过程中，无论是救助者还是被救助者，思想和意志都帮不上忙，唯一的希望，是仁慈天性所指引的超凡绝尘。

因此，人生在世，必须寻找这样的人。

同时，寻找自己内心的仁慈天性。

简单说来，寻找"张可"，或成为"张可"。

幽幽长者，娉娉吾师，已成寓言。

李 敖 与 我

胡因梦

没有一个人不想爱与被爱，即使坚硬如李敖者也是一样，然而我们求爱的方式竟然是如此扭曲与荒唐，爱之中竟然掺杂了这么多的恐惧与自保。

初坠爱河

自从和李敖离婚之后，他写的书已经引不起我任何兴趣，但为了细述我们之间的陈年往事，还是去买了一本《李敖回忆录》，内容果然不出所料，仍然以一贯颠倒黑白的说话方式和精密的资料来合理化自己幼童般的生存欲望。到今天他都无法诚实面对自己的人格失调，令我不禁莞尔。诚如他在回忆录中的记载，我们第一次见面是在一九七九年的九月十五日，地点是萧孟能先生花园新城的家中。在这之前"李敖"两个字对我而言早已不陌生，不但不陌生，简直就是中国文人里面最令我崇拜的偶像，而且这股痴迷的崇拜是自小种下的因。

当年李敖的父母住在台中一中的宿舍里，离我们存信巷的老家很近，我时常听光夏表哥和母亲谈论李敖的奇闻逸事，譬如他不肯在父亲的丧礼中落泪，不愿依规矩行礼，甚至还传说他曾经从台北扛了一张床回家送给李伯母。当时我心想：不知道这怪人的庐山真面目会是什么模样。此外我时常看见李伯母穿着素净的长旗袍，头上梳着髻，手里卷着小手帕，低头深思地从长长的沟渠旁走过。母亲曾经低声对我说："这就是李敖的母亲，她一定是去看电影，李敖在文章里提到过他妈妈喜欢看爱情文艺片。"后来听父亲说他和李敖的爸爸过去是同事，感觉好像更熟悉了一些。

在萧家见到李敖的第一眼，我的心里颇感意外。大学时读他的文章，主观上认定他应该是个桀骜不驯的自由派，没料到本人的气质完全是基本教义派的保守模样——白净的皮肤，中等身材，眼镜底下的眼神显得有些老实，鼻尖略带鹰钩，讲话的声音给人一种声带很短的感觉。他的嘴形因下排的牙齿比较突出，令我联想起附小的同学简明彦。他看到我们母女俩，很规矩地鞠了一个九十度的大躬，后来母亲告诉我他那个躬鞠得还怪吓人的，这个年代已经没人行这么大的礼了。他的穿着很保守，两只手臂的比例稍短了些，手形也比一般男人小，整体看来带点阴柔的气质。当天晚上我穿了一件淡柠檬绿的棉质长袍，光着一双大脚，连拖鞋也没穿。李敖一整晚都盯着我的脚丫，我以为他在检查些什么，后来才从他嘴里得知他有恋足癖。他的身边站着他当时的女友，刘会云，娇小细致的她看起来和李敖相当登对，整个晚上我都很自在，这证明李敖和我并不是一见钟情，否则我不可能轻松得起来；男女之间的化学反应是颇令人紧张的。后来李敖送了我一本他的新书，书中他为我签下的那行字（"正红旗下的梦游者"），令我不禁生起了一些遐想。

过了没多久，有一天李敖约我出来喝咖啡，我们谈到我在《工商日报》的专栏里为他写的那篇《特立独行的李敖》以及其他的琐事；我发现我们之间真正能产生交集的话题并不多。后来他带我到他金兰大厦的家见识一下十万册的藏书。他用深色木材沿着客厅的墙面做出一整片书架，地板用的也是深色木材，整体看来是个气质严肃的家，可墙上挂的竟然是从《花花公子》杂志里剪下来的裸女照片；这样的组合令人感觉有点不搭调。

我告诉他裸女照片看起来有点廉价，破坏了这个家的气质，他说这些照片和画像都是他最得意的收藏品，已经伴随他多年了。我发现他是一个想怎么样就怎么样的人，别人发展出来的美学和设计理念与他无干，他关着门自有方圆。当他介绍浴室时，我看见他在浴缸旁装了一个电暖炉，我告诉他这个构想很仔细，冬天里洗澡出来感觉一定很舒服。进到卧室，抬头一看，天花板上竟然贴了一整面的镜子，又是一项出人意外的装潢，有点像《花花公子》的老板休·赫夫纳（Hugh Hefner）和某某文豪一起做出的室内设计。

我们后来坐在沙发上聊天，聊着聊着他突如其来地吻了我。我记得他吻我的方式是我这一生从未经验过的——他接吻的时候头摆的角度是笔直的，不知道是不是太紧张，他竟然忘了接吻头得歪一点才行，否则鼻子怎么处置呢？我发现他连做这件事的章法和一般人都不同。只见他笔直地冲着我的鼻子压了下来，猛力地吸我的上唇（**因为够不到下唇**），我被压得差一点没窒息，心想此人也太土了点儿吧。后来我去洗手间照镜子，赫然发现上唇和人中之间被李先生吸出了一圈赭色的吻痕。我赶紧拿出粉饼遮掩，以免回家被老母发现。那天晚上我们有没有性爱我已经记不得了，可能是因为他接吻的方式太令人难忘了。

往后的三四天里我随时都得补妆，以免露出那小圈已经"红得发紫"的吻痕。老母一直没说些什么，但是以她那对闪电眉下的透视眼，不可能察觉不到那么离奇的吻痕。

李敖的土令我觉得十分新鲜，他人格中的冲突性更是令我好奇。我一向有搜奇倾向，愈是矛盾、复杂，愈是像谜团一般的人，我的兴趣愈大。当然猫通常是被好奇心害死的，但哲学上不二论也是这么被发现的。当我们开始进入状况时，我曾经问李敖他的另一位女友刘会云该怎么办。李敖说了一句令我绝倒的话，他说他会告诉她："我爱你还是百分之百，但现在来了个千分之一千的，所以你得暂时避一下。"我听了之后不免心生疑惑，继续追问李敖什么叫作"暂时避一下"，李敖说："你这人没个准，说不定哪天就变卦了，所以需要观望一阵子。我叫刘会云先到美国去，如果你变卦了，她还可以再回来。"李敖的多疑与防卫令我很不自在，他对女人呼之即来、挥之即去的态度也令我不安，但是人在充满着期望与投射时通常是被未来的愿景牵着走的，这些重要的小节也就用立可白粉饰掉了。

十月中旬我和宝哥（葛小宝）到印尼登台，母亲陪我同行，前后总共二十一天的时间。我心里百般不愿和李敖分开那么久，但当时的酬劳很高，我和宝哥各唱几首歌，主持人访问几句，说些笑话，轻轻松松一天可以净得台币十万元。于是我们一站又一站地马不停蹄，每到一站我都和李敖通长途电话。二十一天下来我花了十万台币的电话费，李敖也打了台币八万元。宝哥每天都问我："你的敖今天怎么样啊？"母亲那时还是"举双手双脚赞成"的阶段，她认为台湾唯一配得上我的男人只有李敖。

二十天好不容易熬过了，回台湾时李敖亲自到机场接我，记者显然守候已久，看见我们立刻蜂拥而上，当时我们的恋情早已轰动海内外。回到世界大厦的新家，发现李敖不但帮我们安装了新的热水器，买了新的录影机，同时也打点了楼下的管理员，他的周到和仔细令母亲非常满意。只要母亲不阻挠，我的两性关系一定顺利些，这一点李敖是非常清楚的。不久我们决定同居，那时李敖已经准备送刘小姐一笔钱，请她到美国"观望"一阵子。我把衣物都搬到金兰大厦，两个人开始过起试婚的生活。

当李敖觉得一切都在掌握中情势很安全的时候，他真的是这个世界上最宠女人的男人之一。每天早上我一睁开眼睛，床头一定齐整地摆着一份报纸、一杯热茶和一杯热牛奶。那时他早已起床（他的生理闹钟每天都按时把自己唤醒），一个人在书房里集中精神搜集资料、做剪贴，开始一天的写作活动。他的生活方式像一部精准的机器，在例行公事中规律地运作着，他不抽烟、不喝酒、不听音乐、不看电视、不打麻将，可以说没有任何娱乐活动而只有工作。他认识的人不少，但深交的朋友几乎没有，我问他为什么不多交些朋友，他说他对人性抱持悲观的态度，就算最亲信的人也可能在背地里暗算他。我当时的生活和外界的来往仍然频繁，他因为我的关系生活圈子稍微扩大了一些，否则他可以足不出户，窗帘遮得密不透光，连大门都不开，甚至曾经在墙壁上打过一个狗洞，让弟弟李放按时送报纸和粮食，过着自囚的生活。他的才华和精神状态令我时常在崇拜和怜悯的两极中摆荡。我想带给他快乐，不时地放些我爱听的音乐，跳我自己发明的女巫舞，在他面前嬉戏。那种时刻我确信他是快乐的、不设防的，他脸上自然流露的老实和羡慕，透露了这些讯息。他告诉我他的脑子里只记得 Denny Boy 这首歌，其他的就完全不熟悉了。

在感性层面李敖抱持的是传统未解放的男性价值观，似乎只有性这件事是优于其他各种感受的。然而他的性，也带有自囚的成分，即使在最亲密的时刻，他仍然无法充分融入你的内心。多年的牢狱生活，他已经太习惯于意淫，但意念是物化的，因此在最基本的人之大欲上他是相当物化的，精神层面的展现几乎完全被压抑了。换言之，你感觉不到他内心深处的爱；似乎展现忘我的爱对他而言是件羞耻的事。如同许多在情感上未开发的男人一样，性带给他的快感仅限于征服欲的满足。那是一种单向的需求，他需要女人完全臣服于他，只要他的掌控欲和征服欲能得到满足，他对于那个关系的评价通常很高，这点你可以从他的回忆录中饱览无遗。我的幸与不幸都在于我很早就性解放了，而且第一个涉入的两性关系无论在身心灵任何一个层面，都曾经是深情的、融入的。但是从父权的角度来看，女人具有丰富的两性经验的确不是件好事，人一旦有了比较，确实不容易认命。两性之爱很难没有条件，它是人类唯一的第一手经验，也是人能达到至乐最快速的途径，所以它容易使人上瘾。正因为它带来的快感太过强烈，你很难不对它产生期望。

只爱一点点

每当我期望和李敖达到合一境地时，却总是发现他在仰望天花板上的那面象征花花公子的镜子，很认真地欣赏着自己的"骑术"，当时我心中的失望是可想而知的。白天他写作，我喜欢坐在他的大腿上和他撒娇，逗他开心，晚上入睡时我喜欢搂着他，和他相拥而眠。这样的示爱举动不是单方面的事，它需要流畅的回应与共鸣，但李敖在示爱上既保留又腼腆。你别看他在回忆录中把自己写成了情圣，甚至开放到展示性器官的程度，其实所有夸大的背后都潜存着一种相反的东西。研究唐璜情结的精神医学报告指出，像唐璜这类型的情圣其实是最封闭的，对自己最没有信心的。他们表面上玩世不恭、游戏人间而又魅力十足，他们以阿谀或宠爱来表现他们对女人的慷慨，以赢取女人的献身和崇拜，然而在内心深处他们是不敢付出真情的。对这样的心态诠释得最好的，我认为就是李敖自己在牢里所写的一首打油诗《只爱一点点》：

> 不爱那么多，
>
> 只爱一点点。
>
> 别人的爱情像海深，
>
> 我的爱情浅。
>
> 不爱那么多，
>
> 只爱一点点。
>
> 别人的爱情像天长，
>
> 我的爱情短。
>
> 不爱那么多，
>
> 只爱一点点。
>
> 别人眉来又眼去，

我只偷看你一眼。

在这首诗的后面，李敖又说了一些他对爱情的观点，替唐璜情结做了进一步的诠释。他说："我用类似登徒子（philanderer）的玩世态度，洒脱地处理了爱情的乱丝。我相信，爱情本是人生的一部分，它应该只占一个比例而已，它不是全部，也不该日日夜夜时时刻刻扯到它。一旦扯到，除了快乐，没有别的，也不该有别的。只在快乐上有远近深浅，绝不在痛苦上有死去活来，这才是最该有的'智者之爱'。"

上述的观点确实是李敖的精神指导原则。但这个指导原则完全是建筑在二元对立上面的——只能有快乐，不能有痛苦；只能有秩序，不能有混乱；可以潇洒地玩世，但不能有人性的挣扎。

一向自视为超人的李敖在人生观上其实并不超越，他和众人是一样的。他虽然以"智者之爱"作为期许，但从古至今凡能全观的智者都觉察到二元对立便是人性中的颠倒及各种病态的根源，对立性愈大，病情愈重。

多年来李敖以他的文笔、才华、博学和发展到某种程度但离究竟还远的观察及强势推销，成功地在自己身上铸造了一个神、一个时代的叛逆英雄、一个五百年来的白话文豪，于是如我等意志薄弱、叛逆、自认为独特又心怀救赎之梦的读者，便如他所愿地把他当偶像一般开始崇拜。然而偶像是只适合远观的，一旦生活在同一个屋檐下，所有琐碎的真相都会曝光，因此在同居者的眼中既没有伟人，也没有美人。

与李敖同居除了深刻地感受到他的自囚、封闭和不敢亲密外，还有他的洁癖、苛求、神经过敏以及这些心态底端的恐惧。譬如我在屋子里一向不穿拖鞋，喜欢光着脚丫到处走，因此脚底经常是灰黑的，李敖对这件事的反应就非常强烈。灰黑的脚底对他来说简直是一项不道德的罪名，连离婚后都时常向人提起，当作打击我的话题。另外他对别人的排泄物要求也颇高，如果上大号有异味，又是另一项值得打击的罪过。我记得有一回我的妇德突然发作，想要下厨为他烧饭，但除了为Don（编者注：胡因梦的初恋情人）煎过年糕之外，母亲一向不准我进厨房，因此那一天当我把冰箱里的冷冻排骨拿出来熬汤时，我并不懂得先化冰的手续。我兴高采烈地把排骨往开水里一丢，正准备熬排骨汤时，李敖气急败坏地冲到我的面前，暴跳如雷地对我说："你怎么这么没常识，冷冻排骨是要先解冻的，不解冻就丢到开水里煮，等一下肉就老得不能吃了，你这个没常识的蠢蛋！"他说得没错，我确实是个缺乏生活常识的人，在母亲的掌控下我没进过厨房，没上过菜市场，也没去过邮局，连支票怎么开我都不知道。李敖说话总是振振有词，但也总是轻忽了据理力争背后的情感才是人性最宝贵的品质。他的暴跳如雷和言辞中的鄙视令我觉得那锅排骨汤比我的存在重要多了，于是我转头走进卧室，拿了几件衣物放在箱子里，一语不发地回家了。李敖后来心软了，把我从世界大厦接回金兰，两个人又重修旧好。

还有一天我把洗干净的切菜板搭着纱窗晾干，李敖走到厨房时看到这个动作，又是一阵歇斯底里的嚣叫："你看到没？这片纱窗已经松了，这么重的切菜板搭在它上面，不久就会把它压垮的。然后板子会从十二楼掉到地面，再加上重力加速度，这时如果刚好有人走过，他的脑袋一定会被砸出脑浆来，那时我们就得赔大钱了。"他无远弗届的危机意识令我目瞪口呆，我心想这样的日子怎么过得下去，于是收拾收拾衣物拎着箱子又回世界大厦了。如此来来回回地往返于世界和金兰之间不知有多少趟。

有一天我很沮丧地走出金兰，李敖的邻居看到我的神色不对，于是好意地对我说，他们和李敖已经做了好几年的邻居，可能比我更了解他一些。他建议我不要以常人的标准要求他，应该把他视为一个需要帮助的坐过牢的病人，可能还容易相处一些。经过旁观者的提醒，我开始确定李敖是需要帮助的。然而我不是医生，他又那么强硬，我能帮到什么程度呢？从那天之后我开始学习以冷静的态度面对他，我发现他确实有些反常的身心现象。譬如他非常怕冷，冬天一到，他身上穿的衣裳多到令我笑弯了腰——他通常要穿两件卫衣加一件毛背心，再加一件棉袄，外加一件皮袍，头上还得戴一顶皮帽。台湾的冬天哪有这么冷啊，这身行头到东北还差不多。我问他为什么需要全副武装，他说老天爷会暗算他。后来他告诉我说他在受预备军官训练时，大伙儿有一回行军到坟堆里夜宿，清晨快天亮时他突然被一股寒气冻醒，冷得浑身直哆嗦，自此以后每到冬天他都严阵以待地怕被老天爷暗算。

李敖除了有"寒冷恐惧症"之外，还有"绿帽恐惧症"。占有欲和嫉妒是人之常情，但李敖的占有欲是超乎常人的。他的歇斯底里倾向总是令我神经紧张，我记得曾经在一个星期内全脸密密麻麻地爆满了青春痘。我和他很少有户外活动，有一天我需要出去慢跑，促进一下血液循环。慢跑了一小时后我回到金兰，李敖问我出去做了什么，我据实以告，他听了很不开心地说我出去慢跑一定会跟路上的男人眉来眼去，所以不准再跑了。

有一天我在他的抽屉里无意中翻到一本旧笔记本，字迹狭小而歪斜，内容看起来像是一个感情受重创被女友抛弃之人所发出的仇视女性的怨言。虽然李敖后来练就了一手胡适体的好字，但我猜想那个旧笔记本上的字迹应该是他早年的。不久我找到一个机会询问他的友人有关他早期情感经验的真相。他的朋友告诉我李敖在台大时曾经为罗姓女友的离去服过三次安眠药，但是都被同学发现而送进医院洗肠获救。我读他的回忆录，这段往事他倒是如实地写出，不过只提到一次的自杀经过。

他坦言自己有三四年之久未能成功地靠新情人取代旧的来转化最大的困境。我认为李敖在初恋时受到的创伤严重地影响了他日后对待女人的态度。其实他和我一样在初恋后都陷入了很长一段时间的上瘾症；唐璜情结就是最典型的上瘾范例。

我愈是了解他的成长背景，就愈能以冷静的心情面对他的歇斯底里倾向。有一回他和我吵架，他拿出一把大剪刀，把我刚从张木养那儿买来的一件古董上衣咔嚓咔嚓便剪成了两半，我为了制止他继续闹下去，很快地抢下那把剪刀用刀锋对着自己的心脏，他见势马上冷静下来。但是长夜漫漫，我不知道他会不会一波未平一波又起，于是趁着他不注意，光着脚就溜出了大门，在路上拦计程车时路人纷纷投以好奇的眼光看着我的脚丫。还有一次我和他坐在车里正要开车上复旦桥时，我告诉他我想和他分手，他扬言要撞安全岛和我同归于尽，我不动声色地坐着，他看我没反应便打消了同归于尽的念头。他的精神展现使我认清，人的许多暴力行为都是从恐惧、自卑和无力感所发出的"渴爱"呐喊。我来来回回地搬出搬进，其实就是想再努力一次，看看有没有办法包容他、安慰他、给他一些快乐，然而后果总是令自己失望。

我很气馁自己的有限、狭隘和无法宽恕，但我真的是自身难保，尽力了，还是自身难保啊！

从结婚到离婚

和世界缔结金兰本来已是个遥不可及的梦，再加上老母的阻挠，事情就更复杂了。话说李敖拿了一笔钱给刘小姐，请她到美国 stand by 一阵子，但一阵子过后李敖突然又心疼起这笔钱来。有一天老母在金兰和我们聊天，李敖话锋一转突然对老母说："我已经给了刘会云二百一十万，你如果真的爱你的女儿，就该拿出二百一十万的'相对基金'才是。"老母一听脸色大变，撂了一两句话转头就走，李敖的脸色也很难看。第二天我回世界大厦，母亲斩钉截铁地对我说："李敖已经摆明了要骗我们的钱，你可是千万不能和他结婚啊！"我听了心里很不舒服：当初举双手双脚赞成的人是你，现在举双手双脚反对的人也是你，我又不是你们之间的乒乓球，嫁不嫁该由我决定才对。本来对这门婚事心里是很犹豫的，现在为了争取自主权，反倒意志坚定地非嫁不可了，于是穿着睡衣跷家回到金兰。五月六日的早上在李敖家的客厅里，由《中国时报》主编高信疆和作家孟绝子证婚，我的新娘礼服就是那身睡衣，婚礼过程中还得派人紧盯着门眼，怕老母半路阻挠。至于婚后所发生的事，李敖又运用了他高度选择性的记忆力，只记录我父亲请我们吃了一顿友善的晚餐，却忘了结婚证书在当天下午就被我撕成两半的不友善举动。

事情是这样的，当我们决定结婚时，李敖答应了我一个条件：结婚的当天下午必须由干爹陪同我们回世界大厦，和老母重新建立良好关系。我不可能有了丈夫从此不与母亲往来，如果要往来，关系还得维持和谐才行，否则我不又成了夹心饼，两面不是人了。婚礼结束后余纪忠先生请我们吃午饭，饭后回到金兰大厦，没想到李敖竟然坐在马桶上要我给他泡一杯茶喝，嘴里还得意洋洋地说："你现在约已经签了，我看你还能往哪儿跑，快去给我泡茶喝！"我起初以为他是闹着玩的，后来看他脸上的表情非常认真，我想这个人真的是有精神问题，于是到抽屉里把结婚证书拿出来，站在他面前唰的一声就把这"合约"撕成了两半，然后对他说："你以为凭这张纸就能把我限制住吗？"没多久干爹来访，李敖很不客气地对干爹说他怎么可能去跟一个莫名其妙的老太婆赔不是，干爹气得脸都涨红了，我只能陪着干爹返回世界大厦。过了几天李敖打电话来谈判，他说如果他愿意站在我家门口挨胡老太的骂，骂足一个小时后我愿不愿意和他回金兰，我说："好，我答应你这个条件。"

不久李敖果然登门造访，手上还带了一盒礼物，老母门一开一看是李敖，二话不说劈头就骂："你这个没人性的东西，还好意思上门来？……"老母骂足了一个小时，李敖动也不动地站着，后来时间到了，他看了一下表示意我跟他一起回去，我履行承诺，拿着箱子又跟他回金兰了。

我在前文说过，我的人生没事则已，一有事就是骨牌效应。本来已经远赴南美智利的萧孟能先生突然在二月多回到了台湾。他人在国外时，李敖、我和李放曾经到他花园新城的家搬了许多古董和家具回金兰。我当时间李敖为什么把东西都搬空了，他说为的是替萧先生处理财物。萧先生在天母有幢房子取名静庐，李敖说为了便于处理，必须把这幢房子暂时过户在我名下，我没有多心，不久他就办了过户手续。期间李敖时常和李放通电话，李敖讲电话的态度非常神秘，声音低得连我这么好的听力都听不见他的谈话内容。我好奇地问他到底在搞些什么名堂，他说他在处理萧先生水晶大厦的买卖事宜。萧先生回台湾后第一件事就是找李敖，李敖避不见面，但我并不知情。他找不到李敖，只好把我母亲请了出去，向老母告知他花园新城的房子已经被退租，古董和家具全都被搬空了，天母静庐也换到了胡因子（**编者注：胡因梦原名**）的名下，委托李敖处理的水晶大厦更是被法院拍卖了。一向对李敖"言听计从""没有任何怨言"（**李敖自己在回忆录中的用语**）的正人君子萧孟能，是《文星》杂志和文星书店的创办人，也是李敖多年共患难的战友，他和我一样是个不折不扣的生活白痴，我们都因为懒于处理人生繁琐的事务而成为不怕麻烦之人的掌控对象。

母亲听完了这些事的始末，立刻打电话到金兰找我，约我回世界大厦和萧先生及他的女友王剑芬见面。
六月十日那天，萧先生坐在世界大厦家中的客厅里当面
告诉我说，他因为和李敖多年共患难，可以说是完全信
任彼此的交情。李敖在处理财务方面比他高明太多，所
以他大小金钱之事全部交由李敖总管，李敖要他签什
么，他就签什么，连问都不问一声的。剑芬在一旁说萧
先生的行为简直跟大白痴差不多，我说我很了解他。剑
芬接着说道，还好她当时提醒萧先生把李敖亲手写的一
张长达十八英尺的财物清单复印了一份拷贝，如果他们
要告李敖侵占，那是唯一的一份法律凭据。后来在闲聊
中萧先生提起一件事，他说那些被搬走的古董他都可以
不在乎，只有一小块红绢布的乾隆御批是真正值钱的传
家之宝，这才是他唯一心疼的东西。我突然想起李敖曾
经很得意地给我看过一块红绢布的乾隆御批，他说十年
前他从牯岭街的古董商那里以五百元的低价收购了这个
宝贝，因为那个老板不识货。我听完萧先生的话心里已
经有了谱。李敖总说他不重视动机，只重视真凭实据，
然而任何一个神智清明的人都知道动机才是最重要的。
这时我对李敖最后的一丝幻觉都被打破了。智者说得

对，要想维系一份情感，期望愈少愈好，若是没有任何期待，便能无条件地爱，但是我必须承认我年轻时对人性的期望恐怕是太高了。我幻想中的李敖是个具有真知灼见又超越名利的侠士，而不是一个多欲多谋济一己之私的"智慧罪犯"。于是我暗自在心中打定了去意。

不久李敖又和四海唱片发生了纠纷。民歌手兼唱片制作人邱晨在媒体上看到李敖所写的《忘了我是谁》，很想把它谱成曲，于是偕同四海的廖董夫妇约我和李敖在财神酒店谈出版这首歌的事宜。邱晨问李敖对歌词的酬劳有什么要求，李敖说没问题，比照一般作者的酬金就行了。后来邱晨录完了音，唱片上市的第二天正准备把酬金给送李敖，李敖却开始避不见面。不久廖先生从国外回来，亲自带着礼物来见李敖，李敖说付款的时间迟了两天没照规矩来，所以要诉诸法律，不过可以私下和解，于是索价二百万元（看来他很迷信这个数字，大概是曾经比照此法成功地取得辜振甫的二百万台币吧）。廖先生要李敖给他一星期的时间做考虑，李敖答应了。廖先生趁这一个星期把所有发出去的唱片全部回收，并登报声明，经销商如果继续出售那张唱片，必须自

238

己负法律责任。后来四海把那首歌的歌词改成了钱、钱、钱。

这时我已经心生警觉，懂得一些城府了。我不动声色地把自己的私章、户口名簿、画和衣物，一点一点地搬回家，等到搬得差不多了，就不再回金兰去住了。这时我开始提出离婚的要求，但李敖不肯，他说他要拖我一辈子，我心想他是很可能这么做的。没想到有天晚上他打电话来，要我到刘维斌导演家，他愿意无条件离婚。刘导演也是在台中新北里长大的世交，他的妻子孙春华则是我一直很喜欢的女人之一。

我到达刘大哥家，和春华聊了一会儿，大家便坐定下来。李敖拿出纸笔开始写离婚协议书，我心里有一种立刻可以得到解脱的期待感。他写到一半突然转头对我说，我必须把私章和户口名簿交给他，他好办理静庐的过户手续。他不知道我已经在李永然律师的协助下将那幢房子物归原主了。我告诉李敖说这么重要的东西我不能交给他，因为我不知道他会拿去做什么。这时李敖脸色一变，气急败坏地开始骂出各种不入流的话，他又跳脚，又比武，像疯了一般地要和我单挑。我先是静静地听着，听到忍无可忍的时候，拿起旁边茶几上春华养的一盆很重的盆栽，照着他脑袋的方向正准备用力砸过去的时候，刘大哥一把抱住了了；我用力过猛，反弹力当场令刘大哥闪了腰。两个人就这样闹了好几个小时，后来猛然意识到天都快亮了，于是独自走到饭桌一个人低头吃起春华为我们准备的宵夜（已经成了早餐），这时李敖突然变了一张脸走到我的身边，和颜悦色地对我说："因因啊！我们还是好好解决这件事吧！"我头都没抬地对他说："太迟了，我们走着瞧吧！"

八月二十六日萧孟能先生召开记者会，接着四海唱片公司和我又联合起来招待记者，公布了李敖的真相。第二天所有的报纸都登出这则消息，舆论为之哗然，我整个人充满着战斗意志。八月二十八日李敖在友人劝说之下决定和我离婚。他先举行记者会，并散发书面声明，写了五条文情并茂的感言。某些与我有交情的女记者朋友拿了这份声明，立刻赶到世界大厦对我说，如果我不能马上回李敖一份书面声明，第二天报上登出的内容必定是一面倒的，因为他的文笔实在"动人"。于是我在五分钟内含着眼泪回应了他的声明。那张纸我没有保留下来，只记得内容是希望他好自为之，从此不再遇见"试探"。当天下午李敖拿着一束鲜花，打着我送他的细领带，在律师的陪同下来到世界大厦准备和我签离婚协议书。当他和我握手的那一刻，我突然很清楚地意识到我们之间虽然历经一场无可言喻的荒谬剧，但手心传达出来的讯息还是有情感的，于是紧绷的斗志一瞬间完全瓦解。我的心一柔软，眼泪便止不住地泉涌，我为人性感到万分无奈。没有一个人不想爱与被爱，即使坚硬如李敖者也是一样，然而我们求爱的方式竟然是如此扭曲与荒唐，爱之中竟然掺杂了这么多的恐惧与自保。

李敖签完了离婚协议书，回到金兰不久便打了一通电话给我，他说他认为我们之间还是有很深的情感，他希望和我到一个没有人烟的地方，把周围这些恼人的事抛到一边，好好地安静一阵子再做决定。我一边落泪，一边满心遗憾地对他说："玉已经碎了，恐怕很难再弥合了。"接着他话锋一转立刻对我说："静庐的所有权状在我手里，你在法律上已经触犯了伪造文书罪，律师有没有告诉你这件事？"我心怀警觉地对他说我并不清楚这里面牵涉的法律问题，一切交由律师处理，不久他就挂了电话。后来我才知道那通电话从头至尾被他录了音。他让我认清警觉是必要的，人一怠忽危机就会出现。

向内心深处探索

离婚后我整个人好像经历了一次彻底的洗礼，体重瘦成四十四公斤，身上的肋骨一条条地露了出来，但精神很好，心情也出奇的平静。虽然饱尝此生第一次的大是大非，我对于人性却仍然充满着憧憬。我自比《鲁宾逊漂流记》里的黑人星期五，在扭曲的文明与天真的原始之间摆荡，心房的一角却总有一个不散的宴席，一场周五之后的周末狂欢。在《茵梦湖》专栏中我陆续写了《星期五的世界》和《母系社会》，借以抒发劫后的雀跃和领悟。我白天拍连续剧《碧海情涛》，专心地工作，几乎没什么念头，连晚上的睡眠也无梦，像是一种轻安的精神状态。就在那个阶段我开始练习瑜伽大休息式，整个人仰卧平躺，慢慢调息，再配合一些观想，让自己进入定境。

就在我逐渐深入于内心次元的阶段，李敖开始控告我伪造文书，我不得不上法庭面对与我毫不相干的官司。上法庭和李敖打官司又是另一种震撼，他颠倒黑白的狡辩能力令我差一点对他行五体投地大礼拜。他为了抹黑我的人格，竟然印了书面声明分发给在场的各报记者，说我是索价一夜十万元台币的应召女郎（他知道当年我和宝哥在印尼登台的酬劳是一天十万元），所以我的证词不足以被采信。当时正直不阿的资深记者宇业荧就坐在我身边的位置上，他一拿到那张传单立刻让我过目，然后迅速地跟其他的记者朋友商量，提醒大家不要上李敖的当。我在媒体上花边新闻颇多，但大部分记者都知道我是个只要爱情而不屑拿爱情换取金钱的浪漫派。后来李敖的声明报上只字未登。

几年的官司所累积的怨恨像个钩子一样，紧紧地钩住了我和我心中的李敖，后来我读了《灵魂永生》这本奇书，突然明白困境的编导者就是我自己，一切都该由自己负责，于是那个钩子就松了，整个人也跟着轻松起来。当时我正在香港拍《大笨贼》这部喜剧，每天我都捧着《灵魂永生》阅读，并试图说服许冠文也拿起来读一读。沈公子（*沈君山先生*）到香港见金庸，有一天晚上他和我在咖啡厅里聊天，我也兴致勃勃地和他讨论这本书，但显然引不起什么共鸣。虽然得不到智识上的共鸣，我的心情依旧轻快无比，时常一个人戴着随身听在尖沙咀的街头边跳边唱地走着，那份喜悦想必感染了不少路人，从他们脸上的微笑可以略知一二。

回到台湾后不久又接到了法院的通知，照样还是得面对现实中的纠扰，但心情已经大不相同了。我记得上法庭的那天早上，我和母亲到达的时间稍早了一些，法庭的门还没有开，我转过身望向外面的院子，发现李敖一个人坐在对面的长椅子上等候。我心中突然生起一种想法，好像我们俩共同演出了一场荒谬戏，为的只是要转化我们先天人格中的愤怒与嗔恨，好像那是我们在转世前就约定好的事。当时我并没有以我的理性检验去干预这个想法，我只是很自然地认为就是如此，于是不由自主地对坐在远方的李先生鞠了一个九十度的大躬（*如同他初次在萧家见到我的举动*）。李敖微微地有一些反应，但我不知道他明不明白我的举动里的意涵。下了法庭，我跳跃地走到他的面前对他说："我觉得我们俩无聊透了，放着好日子不过，这出闹剧可不可以不要再演下去了。"李敖脸上带着苦笑地说道："其实我也不想演，只是已经骑虎难下了。"我觉得他终于说出了肺腑之言，那一瞬间我心里所有的怨恨彻底烟消云散。

没多久法官宣判我无罪，心中的钩子一松，外在的结也跟着松了。萧先生在李敖"真凭实据"的攻势下节节败诉，锒铛入狱两次，第三次他决定不再奉陪演出这场荒谬剧，于是偕同剑芬移民美国。每次有人提及李敖，他还是对李先生的才华赞不绝口，没有丝毫恨意，令剑芬更是觉得不可思议。李敖自己在那长达十八英尺的真凭实据之下也因侵占罪成立而锒铛入狱一次，但他在回忆录中仍然把那次不名誉的牢狱之灾形容成"第二次政治犯入狱"。他深谙群众心理，在一切泛政治化的台湾，人心肤浅到只要是诉诸政治迫害，那股同仇敌忾的浑劲儿一被激起，谁还管"真相新闻网"谈的到底是不是真相，爽就好了！

官司过后，我竟然一连三次在台北东区不同的地点碰到李敖。我走过去和他握手打招呼，心里有一种"从未发生过任何纠葛"的诡异感，好像他只是我初识的一名友人，彼此说了几句问候的话便径自上路去也。十几年后当我的健康因剖腹产和畸胎瘤而坠入谷底时，李敖开始在他的电视节目和著作中不断地对我攻讦，令我不禁增生一份心理上的洞见——仇恨的背后永远有相反的情绪，好像他还是难以忘怀或仍然在恐惧着什么。我一直没机会让他理解我在这段因缘中的心理真相，这似乎是我对他的一种亏欠和未竟之责。但愿这一万多字的剖白能够让他清楚——"只有恨的本身才是毁灭者"。所有对他人的攻讦与不满基本上是毫无杀伤力的（**如果那个人已经超脱了面子问题**）；这股力量在过程里伤害的只有自己。人即使拥有再多无知的支持者，终场熄灯时面对的，仍然是孤独的自我以及试图自圆其说的挣扎罢了。

图书在版编目（CIP）数据

语之可. 15，人间有味是清欢 /《作家文摘》报社
主编. -- 北京：作家出版社，2019.3
ISBN 978-7-5212-0422-3

Ⅰ. ①语… Ⅱ. ①作… Ⅲ. ①散文集–中国–当代
Ⅳ. ①I267

中国版本图书馆CIP数据核字（2019）第045065号

语之可 15：人间有味是清欢

主　　编：《作家文摘》报社
责任编辑：杨兵兵
特约编辑：裴　岚
装帧设计：于文妍
出版发行：作家出版社有限公司
社　　址：北京农展馆南里10号　　　邮　　编：100125
电话传真：86-10-65067186（发行中心及邮购部）
　　　　　86-10-65004079（总编室）
E-mail:zuojia@zuojia.net.cn
http://www.zuojiachubanshe.com
印　　刷：中煤（北京）印务有限公司
成品尺寸：120×190
字　　数：111千
印　　张：7.625　　　　　　　插　　页：16
版　　次：2019年3月第1版
印　　次：2019年3月第1次印刷
ISBN 978-7-5212-0422-3
定　　价：39.00元

语之可

以文艺美浸润身心
用思想力澄明未来

隶属于中国作家协会的《作家文摘》报是一份以文史见长、兼顾时政的著名文化传媒品牌，内容涵盖历史真相揭秘、政治人物兴衰、名家妙笔精选、焦点事件深析，博采精选，求真深度，具有鲜明的办报特色。

依托《作家文摘》的语可书坊主打纯粹高格的纸质阅读产品，志在发现、推广那些意蕴醇厚、文笔隽秀的性灵之作，触探时代的纵深与人性的幽微。

由于时间仓促及其他原因，编者未能与本书所收个别作品的作者取得联系，请作者及时与编者联系，支取为您预留的稿酬与样书。谢谢！

联系地址及联系人：100125 北京朝阳区农展馆南里 10 号《作家文摘》报社转《语之可》编委会

作家文摘　　語可書坊

投稿邮箱：yukeshufang@163.com